KB068888

Respawn

리스폰6

초판 1쇄 인쇄일 2015년 10월 15일 | **초판 1쇄 발행일** 2015년 10월 19일

지은이 베어문도넛 | **펴낸이** 곽중열 | **담당편집 팀장** 이범수
편집부 신연제 이윤아 김호성 김은경

펴낸곳 (주)조은세상 | 출판등록 제 2002-23호
주소 경기도 연천군 미산면 청정로 1355
TEL 편집부 02)587-2966 | FAX 02)587-2922
e-mail bukdu@comics21c.co.kr

ⓒ베어문도넛 2015
ISBN 979-11-5832-285-4 | ISBN 979-11-5832-061-4(set) | 값 8,000원

Respawn
리스폰

EO FUSION FANTASY STORY & ADVENTURE

|어문도넛 퓨전 판타지 장편소설

북두
(주)종은세상

Respawn

NEO FUSION FANTASY STORY & ADVENTURE

Respawn

NEO FUSION FANTASY STORY & ADVENTURE

35장.

절대적 무위

리스폰

　가장 먼저 공격에 나선 것은 파일로스 교단의 세뇌 성직자들이었다. 머리 위로 솟은 타락한 영혼들은 마치 스스로의 육체를 인형이라도 되는 양 움직였다.

　옆에서 보면 그것은 마치 실에 매달린 마리오네트와도 같았다.

　그들이 달려드는 모습에 카렌은 두 손을 꼭 모아 꿇어앉아 외던 기도문을 마쳤다. 그와 함께 터져 나온 강렬한 빛은 최전방에 서서 방패로 적의 공격에 맞서는 성직자들에게 닿아 힘을 주었다.

　베헬라 교단의 강화 성법은 강화 성법에 특화된 엘라 교단이나 생명을 관장하는 세일라 교단에 못 미친다는 불명예를 가지고 있었다. 그러나 카렌의 성법은 마치 그러한 불명예를 불식시키기 위해 펼친 듯한 완벽한 강화 성법이었다.

성법의 성능은 술자의 능력 나름임을 증명하는 모습이었다.

베헬라 교단의 성녀인 카렌이 신으로부터 하사받은 성력의 양은 인간으로서 상상을 초월하는 것이었다.

만약 파일로스 교단의 기습이 성공했다면 이런 대규모 성법을 사용할 여유는 없었겠지만 시우의 충고로 적이 다가오고 있음을 미리 알 수 있었던 카렌은 오랜 시간 기도로 모은 성법을 여실히 발휘했다.

그러나 상대의 수는 많았다.

겉모습은 신관복을 입은 사제와 갑옷을 입은 성기사의 복장으로 나뉘어 있었지만 파일로스 교단의 영혼 희생 성법은 그러한 구분을 무의미하게 만들고 있었다.

그들의 두상에서 비명을 지르는 타락한 영혼이 익시더냐 아니냐를 떠나 육체에 원력을 부여해주고 있었다.

원래 원력을 쓸 수 있었던 성기사들은 더욱 많고 강력한 원력을 손에 넣었고, 원래 익시더가 아니었던 신관들도 능숙하게 원력을 다루고 있었다.

그러나 그 모습은 결코 만물의 영장이라 불렸던 인간이라고 생각하기 힘들었다.

이지를 상실한 짐승과도 같은 그들의 모습은 인간의 형태를 한 괴물이라고 할 수밖에 없었다.

그러한 자가 무려 900명.

성녀를 지키기 위해 파견된 호위의 수가 백여 명에 달한다고 하나 도저히 당해낼 수 있는 숫자가 아니었다.

1차 격돌.

쿠구궁! 퍼버벙!

사람과 사람이 부딪힌 소리라고는 믿을 수 없는 소리가 터져나왔다.

동시에 바닥이 흔들리기 시작했다.

격돌의 순간, 힘을 보태기 위해 바닥을 박찬 힘에 의해 대지가 그것을 전부 흡수하지 못하고 사방으로 퍼져나간 것이었다.

그리고 2차 격돌.

최전방은 이제 고작 50여명이 뒤엉켜 있을 뿐이었다.

적은 900명이나 되었고 그들 전부가 난전에 뛰어난 야수들이었다.

뒤엉켜 검과 팔을 흔들어 적을 공격하는 거대한 육벽의 좌우로 돌아, 혹은 그것을 뛰어넘어 그 너머에서 기다리는 베헬라 교단의 성직자들을 향하려고 했다.

그 순간 카렌에게서 찬란한 붉은 빛이 터져 나오며 세뇌된 파일로스의 성직자들이 주르륵 뒤로 밀려났다.

그리고 거기에 떨어진 것은 거대한 벽이었다.

이지를 상실한 성직자들은 성난 표정으로 손과 발을 휘두르며 그 벽을 부수려 들었지만 베헬라 교단의 성법으로 만들어진 그 벽은 결코 부서지지도 뒤로 밀리지도 않았다.

그것을 본 파일로스 교단의 대주교 아론 사나다가 기도문을 외기 시작했다.

파일로스의 공격 마법이라면 아무리 튼튼한 벽이라도 부술 수 있겠지.

그 사이 베헬라 교단의 성직자들은 입을 열어 노래하기 시작했다.

아아아 오오!

나직하며 엄숙하게, 목소리로 연주하는 그 노래는 장송곡이었다.

곧 죽을 적을 위해 부르는 장송곡이었다.

시우는 장송곡을 부르다 말고 난처하게 웃는 성직자를 보았다.

카렌을 측근에서 지키며 시우를 구속했던 휴 데기아였다.

"…수가 너무 많군."

게다가 쉽게 쓰러트리지도 못했다.

지금 카렌이 많은 붉은 벽 내부에서 싸우는 것은 30명 가량의 세뇌된 파일로스 교단의 성직자들과 20명 가량의 베헬라 교단 성기사들이었다.

원래 고르고 골라 수호성기사로 뽑힌 그들의 실력이라면 거기에 못 미치는 실력을 가진 적 성직자들을 손쉽게 쓰러트릴 수 있었을 것이었다.

그러나 상대는 죽여도 죽지 않는 언데드와 같이 칼을 뱃속에 찔러 넣어 장기를 끊어버리고 머리통을 박살내어 뇌수를 흘려내어도 쓰러지지 않고 계속해서 방패를 두들겨대고 있었다.

그들을 언데드로 오인한 몇몇 신관이 지원 사격으로 죽음 회귀 성법을 사용했지만 그들은 꿈쩍도 하지 않았다.

죽음 회귀는 언데드에게 효과적인 성법이었지만 그렇지 않은 자들에겐 아무런 소용도 없는 것이었다. 상대의 정체가 언데드가 아님을 깨달은 베헬라 교단의 성직자들이 당황했다.

그렇다면 사람의 시체에 마석을 박아 만드는 시병(屍兵) = 플레쉬 아미(Flesh Army)는 아닐까 싶었지만 그래서는 그들의 육체에 머무는 영체에 대해서 해명을 할 수가 없었다.

게다가 덤벼드는 적병들은 팔이 잘려도 바닥을 뒹구는 팔이 꿈틀거리며 공격을 해왔다. 상대가 마석으로 기동하는 시병이라면 에너지 공급이 단절된 팔이 움직일 리 없었다.

결국 신관들이 수호성기사들을 지원해 사용한 성법은 [죽음의 불길]이라는 이름을 가진 공격 성법이었다.

잘려나간 팔다리는 물론 적을 직접 태워서 싸울 수 없도록 만들려는 의도였다. 그러나 그렇게 해서 육체를 모두 태워버리자 그들의 육신에서 뻗어 나왔던 영체가 자유를 손에 넣고 말았다.

그제야 신관들 사이에서 비명과 같은 목소리가 터져 나왔다.

파일로스 교단의 금술!

아직 파일로스 교단이 삼대주교에 의해 마교라 선포되기 전부터 이 성법만은 매우 유명한 일화를 가지고 있었다.

국가를 지키기 위해, 없는 힘을 손에 넣기 위해 스스로 희생한 파일로스 교단의 성직자들이 최후에 선택한 수단이 바로 이 성법이었다.

질 수밖에 없는 전쟁을 뒤틀어 승리로 이끈, 과거에 유례가 없는 전쟁사를 만들어낸 그 성법은 부서지는 영혼이 종국에는 육체를 벗고 스스로 괴멸하며 점점 그 힘이 부푸는 것으로 유명했다.

신이 만들어낸 성법이지만 부서진 영혼은 어둠을 향해 달릴 뿐 구제될 길이 없었고 결국 삼대주교에서는 이 성법을 금술로 발표하기에 이르렀다.

말로는 들었지만 이미 몇 년이나 이어진 파일로스 교단과의 전쟁에서도 결코 두 눈으로 본 적이 없는 술법들이었다. 그것을 이렇게 사용하다니. 베헬라 교단의 성직자들도 그제야 상대의 상태가 이상하다는 사실을 깨달았다.

그들은 마법에 의해 세뇌되어 강제적으로 금지된 성법을 사용한 것이라는 사실을.

그들은 전율했다.

알덴브룩 제국의 추악한 만행에, 그리고 금술을 상대한다는 두려움에.

이 금술을 상대로 유효한 전술은 오직 하나.

소모전밖에는 없었다.

그들의 영체가 스스로 무너져 소멸하기까지 시간을 버는 것.

육체가 부서져도 소용이 없고 영체는 생전의 성력에 의해 보호를 받는다.

어떠한 수단으로 그 성력을 모두 소모시켰다고 하더라도 영체에 타격을 입힌다고 좋은 일은 없다.

이 성법이 진정 무서운 이유는 파괴된 영혼을 무력으로 삼는다는 것이었다.

그것이 내부적인 요인이 아니라 외적 요인에 의한 파괴라 하더라도 말이다.

타격을 입은 영혼은 파괴되면서도 소멸되지만 않는다면 그들의 힘으로 화해 더욱 강해진 힘을 마음껏 부린다.

답이 없다.

저들의 숫자를 헤아리며 베헬라 교단의 성직자들이 머리에 떠올린 말이었다.

그러나 이대로 죽을 수만은 없었다.

자신들은 죽더라도 성녀 카렌만은 지켜야 했다.

본디 성녀라는 존재는 죽어도 곧바로 신에 의해 다음 성녀가 선출된다. 신의 목소리를 들을 신의 사자가 부재한 상태이므로 새로 선출된 성녀를 찾는 것은 순전히 수소문을 통한 것뿐이었지만 대륙 전역에 널리 분포한 베헬라 교단의 신자를 이용하면 그러한 정보를 얻는 것은 어렵지도 않은 일이었다.

즉 성녀란 그 정도의 존재에 불과했다.

그러면 어째서 이들은 목숨을 걸고 카렌을 지키려 하는가?

그만큼 카렌의 인망이 두텁기 때문이었다.

교단의 상징인 성녀를 죽음에 이르게 할 수는 없다
는 일반적인 이유도 있었지만 그 근본에는 이렇게 훌
륭한 성녀를 잃을 수는 없다는 마음이 있었던 것이다.

신은 변덕스러워서 성녀나 성자가 항상 비슷한 인
격이나 성격을 가지지는 않았다.

진정 선한 자도 있는가하면 오로지 돈만을 위해 행
동하는 성녀도 있었고 어두운 성격의 성녀가 있는가
하면 밝은 성격으로 모두의 사랑을 독차지한 성녀도
있었다.

지금의 성녀가 죽어 다음 성녀가 선발되었을 때 그
녀가 진정 착하고, 어질고, 교단을 위해서만 힘을 쓰
는 인물이 될 것이라고는 확신할 수 없는 것이었다.

그에 비해서 이들은 알고 있다.

현대 성녀 카렌은 진정 성녀라는 직분에 어울리는
착하고, 어질고, 교단을 위해서 힘을 쓰는 성실한 소
녀라는 사실을.

그렇기 때문에 그들은 필사적으로 생각했다.

어떻게 하면 성녀를 이 상황에서 구출할 수 있을지.

그러나 생각을 하면 할수록 떠오르는 것은 오직 절
망과 후회뿐이었다.

이런 상황에 대비해서 긴급 대피용으로 드래곤 하
트라도 하나 챙겨왔어야 하는 건데.

물론 교황성을 지키기 위한 드래곤 하트를 챙겨올 수는 없었으므로 그것은 말도 되지 않는 생각이었지만 이 상황을 대피할 방법으로 떠오르는 수단은 오직 그것뿐이었다.

사기를 잃은 성직자들이 꺾일 것 같은 마음을 다잡아 정신을 차리는 모습을 지켜본 시우는 새삼스러운 표정으로 다음 성법을 위해 기도문을 읊는 카렌을 훔쳐보았다.

성녀 카렌은 진정 성직자들로부터 신망을 받고 있었다.

시우는 고개를 끄덕이며 입을 열었다.

"…아직 방법은 있습니다."

성녀의 주위에서 그녀를 지키기 위해 대기하던 성직자들의 얼굴이 일시에 시우를 향해 돌아왔다.

"세뇌 마법에는 두 가지 종류가 있죠. 첫째가 일시적 세뇌 마법. 둘째가 영구적 세뇌 마법. 일시적 세뇌 마법이라고는 해도 술자가 마법을 해제하거나 죽지 않는 이상 풀리지 않으므로 세뇌 마법은 까다로운 마법입니다. 그러나 술자, 혹은 명령권자만 죽는다면 마법은 확실히 풀립니다. 상대는 900명이나 됩니다. 후자의 영구적 세뇌 마법은 사용이 제한적이고 노력과 시간을 필요로 하므로 저들에게 걸린 세뇌 마법은 전자라고 추측할 수 있습니다. 이곳에서 제정신을 유지하고 있는 것은 저기 있는 둘뿐인 것으로 추측됩니다. 즉, 명령권자로 추측되는 저들만 죽인다면 세뇌 마법은 풀릴 것입니다. ……영혼이 붕괴되는 현상을 막는 것은 불가능하지만 적어도 세뇌 마법이 풀려 제정신을 차리면 저희를 공격하는 일은 없을 것입니다."

시우가 말을 마치자 시우의 칼을 오른쪽 허리에 차고 있던 성기사, 데미안이 물었다.

"하지만 그것도 결국 추측이잖아? 만약 저들에게 걸린 세뇌 마법이 후자라고 한다면? 앞으로 다가올 전쟁에 대비해 그야말로 노력과 시간을 들여 완성시킨 존재라고 한다면 우리에게 기회는 없는 것 아니야?"

데미안의 의문에 성직자들은 아무도 입을 열지 않았지만 주위의 분위기가 술렁이는 기분이 들었다.

동요하고 있는 것이다.

그러나 시우는 가만히 고개를 저었다.

"영구적 세뇌 마법은 일시적 세뇌 마법과는 근본적으로 다른 마법입니다. 일시적 세뇌 마법은 피술자의 이지를 상실시켜 오로지 명령에만 충성하도록 만들어지지만 영구적 세뇌 마법은 최소한의 사고 능력을 유지하면서 '스스로' 술자의 의지에 따르게 됩니다. 일시적 세뇌 마법은 그 이름과 다르게 피술자를 인형으로 만들 뿐인 마법이지만 영구적 세뇌 마법은 그 이름에 적합한 진정한 세뇌를 이루는 것이죠. 스스로 생각하며 술자를 위해서 스스로 행동하는 이지가 저들에게서 느껴집니까?"

성직자들의 분위기가 바뀌었다.

시우의 말에서 희망을 찾은 것이었다.

"그렇다면 명령권자로 추측되는 저기 저 둘만 쓰러트리면 이 전투는 끝이 난다. 그런 소리인가?"

시우는 한 늙은 신관의 질문에 고개를 끄덕였다.

그에 주위에서 오오! 하는 감탄사가 터져 나왔지만 그들의 희망어린 표정과는 다르게 시우의 얼굴은 어두웠다.

이들은 아직 모르고 있었지만 시우는 저들의 정체를 알고 있었다.

늙은이는 성력을 인간의 한계까지 쌓아올린 파일로스 교단의 신관이었지만 다른 한명은 인간이 아니었다.

드래곤, 브로딕스.

시우가 쓰러트린 아이시크를 대신해 마룡 베네모스의 세력에 합류한 드래곤.

적어도 이들의 힘으로 그를 쓰러트리는 것은 무리가 있어 보였다.

타겟팅으로 확인한 브로딕스의 최대 마력량은 130만 포인트.

거기서 이곳으로 이동하면서 소모한 마력이 50만 포인트에 이르고 돌아가는데 사용할 마력을 생각하면 여유 마력은 30만 포인트밖에는 되지 않았다.

아마도 전투에 참가하지 않는 이유도 돌아가는데 사용할 마력을 감안했기 때문일 것이다.

소모 마력이 50만 포인트라고 쉽게는 말하지만 그것을 회복하려면 드래곤이라도 6일에 가까운 시간을 필요로 하니까 말이다.

게다가 마룡 베네모스에게 협력을 약속한 드래곤들은 마지못해 인간들의 국가인 알덴브룩 제국에 협력하고는 있지만 사실 인간들을 신용하고 있지는 않았다.

지금도 파일로스 교단의 성룡 베네모스의 명에 따라 사나다와 브로딕스가 같이 행동하고 있기는 했지만 브로딕스는 사나다를 동료라고 생각하지 않았다.

장거리 공간이동 마법으로 왕복 100만 포인트의 마력을 소모한다면 여유 마력은 30만. 그것은 사나다를 견제하는데 필요한 최소한도의 마력이기도 했다.

시우는 그런 브로딕스의 속내는 모르고 여유 마력 30만의 드래곤이 전투에 난입했을 때 발생할 전력차이를 계산해보고 있었다.

그 순간 거대한 폭발이 일어났다.

눈이 부실 정도의 밝은 빛과 함께 귀가 먹먹해지는 폭발음이 터져 나왔다.

아론 사나다의 성법이었다.

그것은 폭발과 함께 카렌이 만든 보호막을 파괴했다.

잔잔한 연못에 돌멩이를 던진 것처럼 크게 파문이 일어난 보호막은 이내 폭발이 일어난 진원을 향해 빨려 들어갔다.

사나다의 성법은 폭발에 그치지 않고 2차적으로 주위의 모든 것을 탐욕스럽게 빨아들이며 붕괴를 독촉하고 있었다.

휴지조각을 마구 구겨 쑤셔 넣는 것처럼 카렌의 보호막이 사나다가 성법으로 만들어낸 구멍 속으로 자취를 감췄다.

그 엄청난 위력에 휘말려 육체를 잃은 영체 몇이 카렌을 향해 달려들었다.

육체를 잃었건만 오히려 전보다 더욱 강하고 자유로운 모습이었다.

보호막이 사라진 덕분에 달려드는 세뇌자들을 억제하지 못한 최전선의 성기사들은 놈들에게 카렌 습격을 허용하고 말았다.

그러나 카렌의 곁에는 이 중에서도 최고의 실력을 가진 성기사와 신관들이 있었다.

그들이 카렌의 앞으로 나서며 성법으로 놈들을 격추하고 검을 뽑아들며 맞서 싸웠다.

그러나 그런 그들의 반응조차도 사나다의 계산대로 였다.

사나다는 성녀와 직접 싸우고 싶었던 것이다.

사나다의 성법으로 만든 불덩이가 성녀의 머리위로 날아와 떨어졌다.

그러나 성녀를 지키기 위해 모였던 베헬라 교단의 성직자들은 모두 카렌을 습격해온 영체와 싸우는 탓에 그것을 막아설 여유가 없었다.

카렌이 급하게 성력을 끌어올려 그것을 막아냈다.

이 전투를 종결시킬 방법에 대해서는 시우의 조언으로 답이 나온 상태였다.

저들의 지휘관으로 보이는 사나다와 브로딕스를 쓰러트리는 것.

그러나 이 난전에서는 놈들에게 다가가는 것도 쉽지 않은 일이었다.

이 상황에서 놈들을 쓰러트릴 만큼의 힘과 여유가 있는 것은 오로지 성녀, 자신뿐이었다.

카렌은 그것을 인지하면서 주위를 둘러보았다.

비명이 터져 나오고 비릿한 혈향이 사방을 에워쌌
다.

대부분이 세뇌된 파일로스 교단의 성직자들에게서
기인한 것들이었다. 아직까지는 베헬라 교단의 성직
자들이 전장을 휘어잡고 있었다.

그러나 그것은 처음뿐이었다. 육체가 무너지고 영
체에 타격을 입는 사이 적은 점차로 강해지고 있었다.

원래 성녀의 역할이라면 휘하 성직자들의 상처를
회복시켜주는 등 전투를 총괄하여 관리하는 것이겠지
만 지금은 어쩔 수가 없었다.

카렌은 팔이 잘리거나 죽음에 이르는 성직자들의
모습에서 시선을 돌렸다.

이 전투를 일초라도 빨리 끝내기 위해서, 한 명이라
도 많은 이가 생존하기 위해서라도 카렌은 사나다를
쓰러트리는 데에 심혈을 기울여야만 했다.

인류 최고 수준의 전투가 막을 열었다.

신의 힘을 허락받아 인간이 지닐 수 없는 성력을 품
은 성녀 카렌과 인류의 한계라고 알려진 최고치의 성
력을 쌓은 사나다의 전투.

최대 성력량만 따지면 사나다는 결코 카렌의 상대
가 될 수 없었다.

하지만 사나다는 평생을 살육에 몸 바쳐 살아왔다.

사나다가 카렌에게 못 미치는 것은 오로지 성력뿐이었다.

살육, 그리고 성력을 이용한 전투의 경험, 출력과 통제력을 아우르는 실력 면에서 카렌은 사나다를 따라올 수가 없었다.

그러한 차이를 카렌은 역시나 넘쳐나는 성력으로 메울 수밖에 없었다.

사나다는 불을 이용한 파괴 마법이 막히자마자 바로 폐와 횡격막에 직접 작용해 근육을 수축시켜 호흡을 막아버리는 성법을 사용해 카렌이 기도문을 쓰지 못하도록 시도했다.

마력으로 술법을 시전하는 마법과는 다르게 성법은 입으로 신언이라 불리는 신의 언어로 기도문을 올려야만 성법을 사용할 수 있었다.

마법은 입이나 목구멍이 막혀도 마력을 움직일 정신만 있다면 사용할 수 있지만 성법은 직접 발성하여 기도를 올리지 않으면 성법을 사용할 수 없다는 뜻이었다.

상대의 성력이 많다고 한다면 그냥 그것을 사용하지 못하게 하면 되지 않겠느냐는 사나다의 판단이었지만 안타깝게도 카렌의 실력은 사나다의 추측만큼 뒤떨어지는 것이 아니었다.

카렌의 실력은 아직 어린 나이로 대주교와 비견되는 수준에 이르러 있었다.

특히나 이번에 사나다가 시도한 호흡 방해 성법은 적에게 해로운 효과를 발휘하는 성법에 특화된 베헬라 교단의 특기였다.

파일로스 교단의 신언과 베헬라 교단에서 사용하는 신언이 서로 다른 탓에 성법이 발휘되기 전까지는 어떤 성법이 발휘될 지 알 수 없었지만 카렌은 사나다의 성법이 효과를 발휘하는 즉시 성법의 정체를 파악하고 대처에 나섰다.

대처라고는 해도 이미 성법이 효력을 발휘한 이상 기도문을 올릴 시간은 주어지지 않았기 때문에 막대한 성력을 몸 주위에 두르는 것으로 사나다의 성법에 '저항' 하는 것뿐이었지만 다행히도 카렌의 대처는 늦지 않았다.

전투에 사용되는 마법이나 성법은 크게 두 가지로 나눌 수 있었다.

첫째는 마법을 완성시켜 공격하는 종류.

둘째가 바로 대상에게 바로 발휘되는 종류였다.

이를테면 사나다가 방금 사용한 호흡 방해 성법이나 정신 성법, 강화 성법 등이 바로 이 두 번째 방법에 해당하는 것이었다.

마법이나 성법을 잘 모르는 기사들이 가장 두려워
하는 것이 바로 이 정신 마법과 같이 전조도 없이 발휘
되는 술법이었는데 이 술법에도 약점이 없는 것은 아
니었다.

이를테면 불꽃을 만들어 대상에게 던지는 마법은
마법이 날아오는 동안 피하거나 방어수단을 마련하는
등의 준비시간이 필요하기는 하지만 마법 자체의 위
력이 약해질 염려는 없었다.

그러나 대상에게 바로 효력을 발휘하는 종류의 술
법은 앞서 카렌이 했던 것처럼 '저항'이 가능했다.

이를테면 정신 마법에는 강한 정신력이나 내력으로
저항이 가능하다는 소리였다.

그것은 사나다가 사용한 호흡 방해 성법도 같았
다.

성법이 이미 발휘된 시점에서 성법 자체를 상쇄하
거나 없앨 수는 없지만 성법의 위력을 낮춰 거기에 저
항하는 것은 가능했다.

호흡 방해 성법은 몸에 직접 작용하는 종류의 성법
이므로 카렌은 몸 주위에 성력을 둘러 성법의 효력을
낮췄던 것이다.

카렌은 가슴이 답답하고 목이 죄는 감각을 느꼈지
만 거기에 저항하는 것은 가능했다.

원래라면 목소리를 내는 것은커녕 호흡을 하는 것조차 불가능한 성법이다. 그런 성법의 효력을 이만큼 낮출 수 있었던 것만 해도 카렌의 실력이 결코 낮지 않음을 뜻하고 있었다.

사나다의 통제력이 뛰어난 탓에 저항에 소모된 성력의 양이 많았지만 지금 당장은 그런데 신경을 쓸 겨를이 없었다.

성력이 많다는 것은 장기전에 유리하다는 뜻도 되었지만 지금은 조금이라도 빨리 전투를 끝내야만 하는 이유가 있었으니까.

그것을 짐작하듯 호흡 방해 성법에 훌륭하게 저항한 성녀를 보면서 사나다는 피식 웃음을 터트렸다.

그것을 본 카렌은 눈살을 찌푸리며 기도문을 외웠다.

사나다가 했던 것처럼 같은 방법으로 사나다의 전투력을 빼앗을 생각이었다.

삼대주교인 엘라, 세일라, 베헬라 교단은 각각 특기로 하는 성법이 달랐다.

엘라 교단은 육체 혹은 정신을 강화하는 성법을 특기로 했고 세일라는 해독, 질병 치유, 상처 치료 등 상태 회복의 성법을 특기로 했다.

그렇다면 베헬라는?

베헬라 교단의 특기 성법은 적에게 고통과 질병을 부여하고, 근육을 쇠퇴시키고, 정신 쇠약을 안겨줘 해를 끼치는 성법에 특화되어 있었다.

즉 사나다가 사용했던 호흡 방해 성법은 카렌의 특기이기도 했던 것이다.

카렌이 성력을 끌어올려 기도문을 외우기 시작했다.

그러나 그런 낌새를 느끼기도 전에 이미 성력을 모아뒀던 사나다는 카렌의 성법을 방해했다.

성법이 완성되기 전이라면 더욱 많은 성력을 소모해 상대의 성법을 상쇄하는 것이 가능했다. 사나다는 카렌이 호흡 방해 성법에 저항한 순간 카렌의 반격에 대항해 성력을 끌어 모으고 있었던 것이었다.

만약 이것이 1대1의 전투였다면 이 방법은 오히려 사나다에겐 불리한 수단이 되었을 것이다.

어디까지나 성력의 상쇄는 성력의 최대치가 많은 상대에게 유리한 방법이었으니까.

그러나 지금 전황은 시간이 흐를수록 베헬라 교단에게 불리하게 진행되고 있었고 성녀는 조금이라도 빨리 사나다와의 전투를 마무리 지어야 할 필요가 있었다.

사나다는 그런 전황과 성녀의 기분까지 파악한 뒤에 이러한 방법을 선택했던 것이다.

기껏 외우던 성법의 기도문이 도중에 취소되자 성녀는 조바심을 품었다.

둘 모두 모으던 성력이 도중에 모두 소모되었으므로 카렌과 사나다는 동시에 기도문을 외기 시작했다.

조바심이 생긴 성녀는 이판사판의 기분으로 지금 그녀가 펼칠 수 있는 최대 위력의 성법을 준비했다.

그러나 사나다는 그런 성녀의 기분까지 예측한 뒤에 세뇌된 부하들에게 명령을 내리면서도 다시 호흡 방해 성법의 기도문을 외고 있었다.

그리고 펼쳐진 카렌의 성법은 그야말로 성녀란 존재가 어째서 교단이라는 단체의 꼭대기에 설 수 있는지를 증명하는 것과 같았다.

이 세계의 최고 무력으로 자주 언급되는 것이 있다.

그것이 바로 드래곤 하트. 이 세계의 전략병기였다.

드래곤 하트가 도구로서의 전략병기라면 성녀는 살아있는 전략병기였다.

계시의 수단으로 미래를 예측하고, 신에게 허락받은 권능으로 죽음을 읽어내는 등, 성녀는 신을 증명하는 수단으로 널리 알려져 있지만 그에 더해 주어지는 특혜 방대한 양의 성력은 성녀를 살아있는 전략병기라 불리기에 부족함이 전혀 없었다.

머리 위를 스치는 열기에 살아있는 자들은 화들짝 놀랐다.

허공을 날아다니던 영체 몇이 그 불길에 소멸된 것으로 보아 결코 단순한 불덩이가 아님을 증명했다.

사나다도 설마하니 이런 성법이 날아올 줄은 몰랐는지 난처해하는 표정으로 호흡 방해 성법을 완성시켰다.

카렌이 사나다의 성법에 저항하기 위해 급하게 성력을 끌어 모으는 도중, 사나다도 살아남기 위해 급하게 수십의 부하들을 더 모으며 목걸이로 만들어 걸고 있던 설치마법을 발동시켰다.

500년의 수명을 갖고 있는 바다의 현자, 테스투디네스 오더와 같이 긴 수명을 가진 유사인종들은 체내에 마력이 뭉쳐져 만들어진 특수한 내장기관을 가지고 있었다.

십 수 년 전, 삼대주교와의 성전에 패해 바다로 도망친 사나다는 한 마리의 테스투디네스 오더와 싸워 이긴 경험이 있었다.

그 목걸이는 그렇게 해서 죽인 테스투디네스 오더의 내장마석으로 만든 방어막의 설치마법이었다.

파일로스 교단의 세뇌된 성직자가 백여 명, 영혼채
로 소멸되었다. 그러고도 기세를 잃지 않은 카렌의 성
법은 사나다의 육신을, 그리고 영혼마저 불태우기 위
해 거세게 불어 닥쳐왔다.

만약 사나다가 삼대주교와의 전투에서 패해 도망가
지 않았다면, 도망간 곳이 하필이면 테스투디네스 오
더들이 숨어 살던 섬이 아니었다면, 그곳에서 살던 거
북인 한 명과 다투게 되어 싸우지 않았더라면, 거북인
에게 졌더라면, 거북인을 죽인 기념으로 내장을 갈라
마석을 챙길 생각을 하지 않았더라면, 사나다는 이 자
리에서 죽고 말았을 것이다.

그러나 결과적으로 사나다는 죽지 않았다.

500년의 수명을 가진 거북인의 마석답게 20만 마
력을 품은 내장마석은 단단한 방어막을 쳤고 방어막
은 카렌의 성법과 맞부딪혀 소멸되고 말았다.

그 뒤 불어 닥친 후폭풍에 의해 먼지구름 속에서 바
닥을 구르던 아론 사나다는 간신히 몸을 일으켜 카렌
의 성법에 대처하기 시작했다.

그러나 카렌의 성법은 날아오지 않았다.

사나다의 호흡 방해 성법에 저항하기 위해 성력을
끌어올렸지만 저항에 실패하고 말았던 것이다.

카렌은 바닥에 주저앉아 목을 붙잡고 있었다.

간신히 호흡은 가능한 것 같았지만 그뿐이었다.

간신히 호흡만 할 수 있을 뿐 기도문을 욀 수 있는 상황이 아니었다.

사나다는 그것을 가늘게 뜬 눈으로 바라보았다.

오랜만에 죽음의 공포를 느꼈다.

그것자체는 상관이 없었다.

사나다는 죽이는 것을 더 선호하지만 죽을지도 모른다는 스릴도 싫어하지는 않았다.

그러나 그것과는 별개로 죽는 것은 싫었다.

살아남고 살아남아서 수명이 다해 죽기 전까지 살인을 즐기고 싶었다.

카렌은 역시 강하다.

만약 카렌이 사나다의 성법에서 벗어나 다시 한 번 지금과 같은 성법을 펼친다면 사나다에겐 그것을 막을 수단이 없었다.

사나다는 저도 모르게 뒤에서 대기하는 브로딕스를 바라보았지만 고개를 저었다.

브로딕스라면 그 성법을 막을 수 있을지도 몰랐지만 조금 더 이 스릴을 즐기려는 이유만으로 성녀를 살려둘 수는 없었다.

아론 사나다는 성녀의 목숨에 종지부를 찍기 위해 성력을 끌어 모았다.

그리고 성녀에게 들리도록 외쳤다.

"이것으로 끝이오, 소저! 소저의 목숨은 내가 취하겠소이다!"

이 스릴을 조금 더 길게 즐길 수 없다는 것은 둘째로 치고, 저토록 여린 소녀를, 성녀라는 위인을 이 손으로 죽일 수 있다는 사실에 사나다는 흥분하고 있었다.

사나다가 목숨을 끊는 방법으로 가장 선호하는 방법은 날붙이 따위를 그 부드러운 살결에 꽂아 넣는 것이었다.

이를테면 부드러운 과일 샤벳을 숟가락으로 푸듯 살을 저며 내거나 고기가 속까지 익었는지 송곳을 꽂아보듯 지금부터 죽일 사냥감이 얼마나 팔팔하게 살아있는지 확인하는 수단으로 날붙이를 살결 깊이 쑤셔 넣는 것을 좋아했다.

비명이 들리고 박힌 날붙이를 깔끔하게 꽂아 넣어 피조차 스며 나오지 않을 정도로 훌륭하게 박힌 모습을 바라보는 것은 쾌감마저 느낄 정도였다.

사냥감이 스스로의 몸에 박힌 칼날을 확인하고 어쩔 줄 몰라 하는 모습은 사나다의 가슴에 내재된 욕망을 부채질 하는 듯했다.

만약 그것이 뽑혀 피라도 터져 나온다면 사나다는……!

목숨을 끊는다는 행위는 사냥감이 지금까지 살아왔던 인생에, 인생이라는 이름의 유리세공품을 박살내는 것이다.

사나다는 지금까지 헤아릴 수도 없이 많은 유리세공품을 박살내왔다.

그리고 유리세공품이 박살나는 순간이란 하나같이 아름답지 않은 것이 없었다.

아무리 급하다고는 해도 카렌이라는 이름의 유리세공품은 지금까지 만나왔던 유리세공품들 중에서고 최고의 품질을 자랑하는 물건이었다.

분명 저것이 박살나 산산이 흩어지는 모습은 지금까지 보았던 흔한 유리세공품과는 다른 아름다운 빛을 뿜을 테지.

그런 면에서 보면 카렌이 호흡 방해 성법에 의해 목숨을 잃지 않은 것이 다행이라고도 말할 수 있었다.

호흡을 하지 못해 괴로워하는 모습도 적잖이 감동스러운 광경이긴 했지만 사나다는 무엇보다도 날카로운 것을 살결에 박아 넣는 것을 선호하기 때문이었다.

시간과 여유가 있었다면 직접 단검을 뽑아들어 그 하얗고 부드러운 살결에 칼날을 박아줬을 텐데, 사나다는 기도문을 외워 얼음으로 만들어진 송곳이 나타나는 것을 보며 조금 아쉬운 기분을 느꼈다.

지금 이 순간 사나다가 누릴 수 있는 사치라면 카렌을 죽일 수단으로 얼음의 송곳을 선택할 수 있었다는 것이었다.

사나다의 손끝이 카렌을 가리켰다.

그리고 사나다의 어깨 부근에 떠있던 얼음의 송곳은 사나다의 손짓만을 기다렸다는 듯 카렌을 향해 날아들었다.

사나다의 얼굴이 다소나마 기대로 물들었다.

과연 얼음의 송곳이 박힌 소녀는 어떤 목소리로 울부짖을까?

성녀라고는 해도 역시 다른 소녀들과 다를 것 없는 목소리로 우는 걸까? 아니면 성녀라는 직분에 어울리는 아름답고 고귀한 목소리로?

그러나 사나다는 그 의문을 해소하는 일도 없이 인상을 찌푸리고 말았다.

퍼억!

얼음이 박살나는 소리와 함께 가루가 되어버린 얼음조각들이 허공을 수놓았다.

햇볕을 받은 그것은 반짝반짝 빛을 뿜으며 가라앉았고 그 너머에서 얼굴을 보인 것은 하얀 머리에 붉은 눈동자를 가진 한 명의 청년이었다.

청년은 손목에는 수갑을 찬 채 성녀의 앞을 막아서

고 있었는데 수갑은 내력 봉인 팔찌의 일종으로 보였
다.

시우였다.

적을 상대하느라 성녀를 보호할 수 없었던 성직자
들은 시우가 사나다의 성법을 막아냈다는 사실에 환
호했다.

그와 동시에 의문이 들었다.

적과 싸우느라 시우가 어떤 방법으로 사나다의 공
격을 막아냈는지 확실히 본 사람은 없었다. 시우의 손
에는 무기가 들린 것도 아니었고, 아직 내력 봉인 팔
찌가 풀리지도 않았다. 그렇다면 어떻게 그것을 막아
냈단 말인가?

설마하니 맨 손으로 대주교급의 성법을 막아냈을
리는 없지 않은가.

현재 시우의 스테이터스 중에서 가장 높은 수치를
기록하고 있는 것은 체력이었다. 이는 지구력과 생명
력, 그리고 기본 방어력과 밀접한 관계를 가진 능력치
였다.

어느 정도 전투력을 갖춘 시우는 생각했던 것이다.
아무리 강한 전투력을 가지고 있어도 눈 먼 칼, 눈 먼
화살에 급소를 공격당하면 즉사할 가능성도 없지는
않다는 것을.

그리하여 선택했던 것이 체력 스탯을 올려 기본 방어력과 생명력을 확보해 두겠다는 생각이었다.

그리고 지금 시우의 체력 스탯은 무려 615에 달해 있었다. 그에 따른 기본 방어력도 무려 615에 이르렀고 이는 웬만한 익시더 3명을 즉사시킬 수 있는 위력의 마법을 맨 몸으로 버틸 수 있는 정도의 방어력이었다.

지금 시우는 대부분의 주력 장비를 아이템창에 넣어둔 상태였지만 기본 능력치만으로도 사나다의 성법을 막아내는 것은 문제도 되지 않았다.

시우는 그들의 의문에 상관없이 팔에 힘을 주어 내력 봉인 팔찌를 뜯어냈다.

끄드드!

금속이 비명을 지르고,

후두둑!

박살나 손목에서 떨어져 나갔다.

그 광경을 멀리서 지켜본 베헬라 교단의 성직자들, 그리고 그들과 같은 의문을 품고 있었던 사나다의 눈에는 시우가 내력 봉인 팔찌로 사나다의 성법을 막아낸 덕분에 그것이 떨어져 나간 것으로 보였을 것이다.

그러나 바로 지근거리에서 금속이 뒤틀리는 것을 지켜본 카렌은 알 수 있었다.

시우는 단지 근력만으로 내력 봉인 팔찌를 뒤틀어

부숴버렸다는 사실을.

"…다, 당신……!"

카렌은 목을 조이는 고통에 말도 제대로 할 수 없었다.

시우는 뒤를 힐끗 쳐다보는 여유까지 부리며 입을 열었다.

"걱정 마. 그때의 빚을 갚을 뿐이니까."

"빚……?"

"그냥 거기서 안심하고 기다리라고."

"…당신 혼자서……."

카렌은 말을 하다말고 기침을 했다. 그러나 시우는 그녀가 하고 싶은 말을 이해할 수 있었다.

"혼자서 무얼 할 수 있느냐고? 그러니까 지켜봐. 지금부터 보여주겠어."

시우가 한 걸음 앞으로 나서자 사나다가 고개를 갸웃거렸다.

"도대체 귀하는 누구요? 내력 봉인 팔찌를 차고 있었던 것으로 보아 베헬라 교단에게 구속되어 있던 모양인데 어째서 그들에게 협력하는 것이오?"

"당신이 그걸 알아서 무엇 하려고? 비록 베헬라 교단에 붙잡혀 있던 몸이지만 난 의심할 여지가 없는 베헬라 교단의 협력자다."

시우는 말을 마치며 다시금 힐끗 카렌의 표정을 살펴보았다.

카렌이 듣고 있다는 것을 감안하고 내뱉은 말이었는데 카렌은 호흡이 불편한 나머지 괴로운 표정을 짓고 있어 시우의 대사에 대해서 어떻게 생각하는지 알수가 없었다.

사나다는 그런 시우의 말에 얼굴을 잔뜩 찌푸렸다.

내력이 느껴지지 않았다.

내력 봉인 팔찌를 채워두고 있다는 사실은 익시더나 마법사, 어쩌면 성직자일 수도 있겠지만 내력을 쌓아둔 인물일 것이다. 그러나 사나다는 시우에게서 한 줌의 내력도 읽어낼 수가 없었다.

그것이 뜻하는 것은 역량의 차이였다.

단순히 내력의 양이 많고 적고를 벗어나 그가 내력을 다루는 통제력 면에서 사나다를 월등히 앞서고 있다는 의미였다.

사나다에겐 매우 낯선 경험이었다.

상대의 역량을 알 수 없다니.

만약 천재라는 존재가 있다면 저 청년을 두고 하는 소리겠지.

사나다는 속으로 그런 질투 어린 말을 중얼거리며 시우를 노려보았다.

천재까지는 아니더라도 사나다는 탁월한 재능을 타고 태어났다.

　부모를 잃고 부랑자들 사이에서 홀로 생존해왔던 사나다는 적자생존, 약육강식의 법칙에 물이 들어 있기도 했고, 어려서 생명을 끊는다는 행위의 특별함을 깨달은 사나다는 강해지는 것에 집착했다.

　거기에 뛰어난 재능까지 겹쳐져 사나다의 또래 중에서는 그의 뒤를 따라올 수 있는 자가 없었다.

　그것은 나이를 먹어감과 함께 더욱 뚜렷해졌다.

　사나다는 평생을 더욱 강해지고 생명을 끊는 일에 몸을 바쳐왔다.

　그리하여 얻은 그의 능력은 천재라 불리는 자들을 뛰어넘는 것이었다.

　피부는 탄력을 잃고 주름지고, 전신은 노쇠하여 성력의 도움이 없이는 몸을 가누는 것도 힘들었지만 사나다가 아는 한도에서 인간 중에 사나다와 견줄 만한 실력자는 한 손가락으로 헤아리는 것이 가능할 정도였다.

　"협력자……."

　사나다는 시우가 했던 말을 되뇌며 고개를 끄덕였다.

　그러고보니 그런 말을 들었던 것 같기도 했다.

이번 임무는 성녀와 베헬라 교단의 협력자를 죽이는 것이라고.

성녀의 존재에만 너무 의식을 빼앗긴 나머지 지금까지 그 협력자라는 존재에 대해서는 깨끗이 잊고 있었다.

확실히 저 하얀 머리의 청년은 경계하기에 합당한 재능의 덩어리였다.

만약 저 재능을 가지고 십 수 년, 혹은 수 년의 세월만 더 있었어도 시우의 뒤를 따를 능력자는 몇 되지 않았을 것이다.

그러나 사나다의 눈에 들어온 청년은 청년이라 부르기도 미안한 어린 사내였다.

키는 180이 넘어 제법 남자다운 티가 나고 있었지만 동양인 특유의 동글동글한 얼굴은 시우의 나이를 짐작키 어렵게 만들고 있었다.

시우의 육체 나이는 18세였지만 이 대륙의 사람들의 눈에는 기껏해야 16세 정도로밖에는 보이지가 않았다.

물론 얼굴만 보았을 때라는 전제조건이 달리기는 했지만 말이다.

게다가 18세의 나이도 결코 많은 것은 아니었다.

시우의 내력을 감지할 수 없었던 사나다는 진심으

로 고개를 끄덕일 수 있었다. 비록 통제력에선 크게 뒤떨어진다고는 하나 사나다에겐 수십 년, 평생에 걸쳐 쌓아온 경험이 있었다.

지금이라면 놈의 숨통을 끊는 것도 어렵지는 않을 것이다.

즉, 될 성 부른 나무는 떡잎일 때 짓밟으라는 소리였다.

사나다는 즉시 지금 그가 준비할 수 있는 최대 위력의 성법을 준비했다.

이미 카렌과 전투를 벌이며 소모한 성력의 양은 상당했지만 지금 사나다가 시우보다 앞서는 능력이라고 한다면 출력과 최대 내력의 양이라 할 수 있을 것이다.

시우가 익시더인지 마법사인지는 알 수 없지만 익시더라고 한다면 지금 시우와 사나다 사이에서 전투를 벌이는 수백의 영체를 헤치고 다가올 수단은 없다. 마법사라 한다면 그나마 상황이 나을지도 모르겠지만 그렇다 하더라도 사나다의 우위라는 점은 바뀌지 않았다.

마법의 시전 속도는 마력을 다루는 능력, 통제력에 깊은 연관 관계가 있다. 만약 사나다가 신관이 아닌 마법사였다면 사나다의 마법 시전 속도는 결코 시우를 따라갈 수 없었을 것이다.

그러나 사나다는 신관이었다. 그리고 성법의 시전 속도는 오로지 기도문을 얼마나 빠르게 외느냐에 따랐다. 성법의 시전 속도와 통제력에는 아무런 연관 관계가 없다는 소리였다.

그러니 사나다는 시우가 자신보다 뛰어난 통제력을 가지고 있다는 사실에도 크게 동요하지 않았던 것이다.

아무리 시우의 통제력이 뛰어나다하나 그것만으로는 사나다의 우위에 설 수는 없을 테니까.

기도문이 반쯤 완성된 순간, 사나다는 시우를 보았다.

뭔가가 이상했다.

왜 놈은 아무런 반응이 없지?

설마 통제력이 뛰어난 만큼 사나다의 역량을 확인하고 당해낼 수 없다고 자포자기라도 한 것일까?

그런 것 치고는 시우의 표정은 평온했다.

역시 시우는 마법사가 아닌 익시더라고 사나다는 판단했다.

익시더라면 공격 수단이 없으니 카렌이 호흡 방해 성법에서 회복되기까지 방어에 집중하겠다는 작전일 것이다.

그러나 사나다는 피식 웃었다.

지금 준비하는 성법은 카렌이 10만 포인트의 성력을 소모해 만들었던 방어벽을 일격에 무너트렸던 공격 성법, [파괴의 신벌]이었다.

시우가 얼마나 강한 익시더인지는 알 수 없으나 이 성법이 한 번 완성되면 거기에 저항할 수 인간은 없다고 봐도 무방했다.

방법이 있다고 한다면 기도문이 완성되기 전에 방해를 하거나 성법의 공격 범위에서 벗어나 회피하는 방법뿐이었다.

그러나 시우는 이 상황에서 사나다에게 다가올 수도, 그렇다고 자리를 피할 수도 없었다.

어디까지나 시우는 카렌을 지킬 수밖에 없었으니까.

주문이 완성되었다.

그리고 무기도 없이 멀뚱히 서있던 하얀 머리의 청년은 허리를 힘껏 뒤틀어 온 힘을 다해 주먹을 내지르려는 자세를 취했다.

사나다가 어떤 성법을 펼치려는지 알아차린 자들에게 시우의 모습은 우스꽝스러웠다.

그리고 사나다의 100미터 상공에서 완성된 하나의 광구는 느리지도 빠르지도 않은 속도로 시우를 향해 날아갔다.

그와 동시에 시우도 아우라로 번쩍이는 주먹을 힘껏 내뻗었다.

그것은 마치 빛의 창이 날아가는 것과도 같은 광경이었다.

창이 되어 날아간 아우라가 파괴의 신벌 성법과 격돌하고 폭발을 일으켰다.

지상의 모든 이들은 그 밝은 빛과 폭음에 눈과 귀를 빼앗겼다.

하지만 그 폭발은 뒤이어 이어지는 신벌의 전조에 불과했다.

사나다의 성법은 곧이어 공간을 붕괴시키고 탐욕스럽게 모든 것을 빨아들일 것이다.

그러나 그러한 현상은 일어나지 않았다.

정확히 말하자면 파괴의 신벌이 일으키는 흡인 효과에 대항해 시우의 아우라가 상쇄를 일으키고 있었다.

매우 비효율적인 방법이었다.

도대체 파괴의 신벌이 흡인할 물질의 양이 얼마나 될 줄 알고 아우라를 뿌려댄단 말인가?

아니, 이것은 단지 효율의 문제가 아니라 불가능한 일이었다.

그러나 그 불가능이 눈앞에서 펼쳐졌다.

"말도 안 돼! 이런 건 있을 수 없어!"

그래. 있을 수 없는 일이었다. 그러나 실제로 눈앞에 펼쳐진 광경이었다.

사나다는 눈앞에 펼쳐진 광경에 대해서 사실이 아니라 부정하고 공포를 느끼며 이내 사실임을 수긍했다.

사나다는 이번 성법으로 남은 성력을 모두 소모하고 말았다.

만약 저 괴물에게 대항할 수 있는 존재가 있다고 한다면…….

"브로딕스 경!"

같은 괴물뿐일 것이다.

뒤에서 모든 것을 지켜보고 있던 브로딕스도 시우의 무식한 대응에 놀라며 더 이상 마력을 보존할 생각을 버렸다.

사나다를 견제하는데 필요한 마력은 30만. 지금 브로딕스의 드래곤 하트에 남은 마력은 80만에 달했으니 50만 정도는 전투에 소모하고 남부로 복귀하는데 필요한 마력은 시간을 들여 천천히 회복하면 된다는 판단을 내렸던 것이다.

브로딕스가 드라고니스를 외는 것과 동시에 시우의 전신에서 마력이 뿜어져 나왔다.

그러나 그 대상은 브로딕스가 아니었다.

"〈멈춰라.〉"

시우의 나직한 마력의 파동이 소리가 되어 전장에 울렸다.

그리고 그 마법은 이 자리에 정적을 불러들였다.

모두가 경악했다.

그것은 드래곤의 전유물로 알려져 있는 동작 제한 마법이었으므로.

인류가 손에 넣을 수 있는 무력의 최상위에 오른 사 나다의, 파괴를 목적으로 한 술법 중 최고로 불리는 파일로스 교단의 성법을 아우라로 상쇄한다는 어처구 니없는 모습을 보인 직후였다.

그만한 아우라를 지닌 이상 시우의 정체가 익시더 임에 틀림없다고 생각한 순간 발휘된 마법은 이 순간 을 같이한 모든 자들의 머릿속을 휘저어버렸다.

시우의 능력은 거기서 그치지 않았다.

일단 전장의 전투를 그친 후 브로딕스의 주문에 대 항해 마력을 끌어올리기 시작했다.

그러나 드라고니스를 외지 않는다는 것은 브로딕스 의 주문이 완성되기 전에 더욱 많은 마력을 소모해 대 항하겠다는 의지가 담겨 있었다.

그건 상식적으로 말도 되지 않는 모습이었다.

마력을 더 큰 마력으로 상쇄하기 위해선 상대보다 월등히 뛰어난 출력을 가지고 있거나 상대보다 먼저 마력을 끌어올릴 필요가 있었다.

그러나 시우는 전장에 동작 제한 마법을 펼침으로서 브로딕스보다 한 발 늦게 마력을 끌어올렸던 것이다.

브로딕스가 끌어올린 마력의 양을 감지하며 브로딕스가 인간이 아님을 직감한 사람들에게 있어서 시우는 실수를 한 것으로밖에 보이지 않았다.

그러나 다음 순간, 브로딕스가 끌어올린 15만 포인트의 마력이 시우의 마력과 맞부딪혀 상쇄되고 말았다.

"브로딕스 경! 장난치고 있을 때가 아니란 말입니다!"

사나다가 펄쩍 뛰며 외친 말에 브로딕스는 장난 따위 치지 않았다고 맞받아치고 싶었다.

만약 시우가 인간이라면 아무리 시우의 출력이 브로딕스를 상회한다 해도 마력을 상쇄시킬 수는 없었다.

그도 그럴 것이 인간이 품을 수 있는 마력의 한계는 15만 포인트. 브로딕스의 마력을 상쇄하기에 앞서 동작 제한 마법으로 마력을 소모한 시우가 브로딕스가 준비한 15만 마력의 공격 마법을 상쇄할 수는 없었던 것이다.

브로딕스는 시우를 더 이상 인간이라 생각하지 않았다. 그리고 전력을 다하지 않고 30만 마력을 보존하겠다는 생각마저도 버렸다.

저 괴물을 상대로 마력을 남겨두겠다고 생각한 것 자체가 우스운 일이었다.

시우는 마치 할 수 있는데 까지 해보라는 듯 브로딕스의 반응을 기다리고 있었다.

'깔보고 있어.'

분노와 모멸로 전신이 바들바들 떨렸다.

그러나 그런 생각과는 다르게 브로딕스는 빠르게 다음 마법을 준비하고 있었다. 이번에는 남은 모든 마력을 동원한 공격 마법이었다.

이것이야 말로 브로딕스 최고의 특기였다.

드래곤은 긴 수명을 가진 만큼 정신력이 뛰어나다. 덕분에 정신력과 깊은 연관 관계를 가진 출력과 통제력이 뛰어나다. 브로딕스는 그런 드래곤들 중에서도 특출한 출력을 지니고 있었는데 그 덕분에 다른 드래곤들보다도 더 강한 위력의 마법을 더 짧은 시간에 발휘할 수가 있었던 것이다.

상대의 정체가 언데드인지, 수명이 긴 유사인종인지, 혹은 동족인 드래곤인지 브로딕스는 알 수 없었지만 혹시나 브로딕스보다 나이가 많은 동족이라 할지라도 이 마법은 막을 수 없을 것이라고 확신했다.

그러나 시우는 그런 브로딕스를 비웃듯 여유롭게 마력을 끌어올려 마력을 상쇄시켰다.

그러고도 시우의 전신에 감도는 마력은 70만 포인트의 마력을 웃돌고 있었다.

"…말도 안 돼……."

브로딕스가 할 수 있는 말은 오로지 그것뿐이었다.

시우는 천천히 걸음을 옮겨 브로딕스에게 다가갔다. 모든 마력을 소모한 브로딕스는 이런 상황을 경험해본 일이 없기 때문에 이제부터 뭘 어떻게 해야 할 지 알 수가 없었다.

그런 반면에 아론 사나다는 즉시 등을 돌려 달아나기 시작했다.

모든 성력을 소모한 탓에 육체 능력이 단순한 늙은이 수준까지 떨어졌지만 오로지 살기 위해서 전력을 다해 달리고 달렸다.

그리고 시우의 수도가 브로딕스의 목을 가르고 지나갔다. 브로딕스의 머리가 바닥을 굴렀다.

드래곤의 죽음이라고는 생각할 수도 없는 허무한 끝이었다.

그 동안 열심히 발을 놀린 사나다는 고작 100미터도 벗어나지 못하고 시우의 손에 붙잡히고 말았다.

"이, 이거 놔! 나는, 나는 이렇게 죽을 수 없어!"

시우는 살기 위해 발버둥 치는 사나다를 질질 끌어 카렌에게 다가갔다.

"이 신관은 죽이는 것보다 심문을 통해 정보를 캐는 것이 좋다고 판단했는데, 필요 없다면 죽이는 것이 좋을까?"

"…아, 아뇨."

카렌의 대답을 들은 시우는 사나다에게 동작 제한 마법을 걸어 속박시킨 후 전장을 돌아보았다.

명령권자인 사나다가 죽지 않은 탓에 세뇌된 성직자들도 제정신을 차리진 못했지만 동작 제한 마법에 걸린 이상 이대로 시간만 보낸다면 저들 모두 영혼이 소멸할 것이 분명했다.

더 이상 시우가 해줄 일은 없었다.

"그럼."

시우는 손목을 내밀었다.

"예?"

시우의 뜻을 알아듣지 못한 카렌은 조금은 어벙한 목소리로 되물었다.

"내력 봉인 팔찌 말이야. 다시 채워야지."

시우의 얼굴에 조금은 장난스런 표정이 떠올라 있었다.

카렌은 시우의 말에 아연실색했다가 시우의 표정을 확인하고 깊은 한숨을 내쉬었다.

　　"농담도 심하세요."

　　시우의 정체에 대한 의문은 더욱 깊어졌지만 지금은 목숨을 구명 받았다는 사실에 안심할 따름이었다.

Respawn

NEO FUSION FANTASY STORY & ADVENTURE

36강.

토발츠 변경령

리스폰

파일로스 교단에 세뇌되어 영혼 파괴의 성법을 쓴 성직자들은 머지않아 소멸되어 전원 희생되었다. 이것만은 아무리 시우라도 어떻게 대처해 줄 수가 없었다.

전투가 끝나자 대주교급 이상의 성직자들이 자연스레 카렌의 곁으로 모였다.

상상 이상의 힘을 품은 시우를 견제하면서.

견제라고는 해도 그들도 알고 있었다.

시우가 전력을 다하면 그들은 상대도 될 수 없다는 사실을.

그러나 그들의 역할은 어디까지나 성녀를 지키는 것이었다. 시우에겐 카렌을 헤칠 생각이 눈곱만큼도 존재하지 않았지만 인간을 초월한 시우의 무위를 목도한 성직자들에게 시우는 오로지 불가해한 존재일 뿐이었다.

그 정도의 힘을 가지고 어째서 임펠스 왕국의 근위기사라는 위치에 만족한 것일까. 애초에 이정도 힘을 가진 근위기사가 있었다면 알덴브룩과의 전쟁이 좀 더 치열하지 않았을까?

그러나 결과는 3마리 드래곤의 합류로 인한 학살이었다. 드래곤과의 전쟁에 대비해 페르시온 제국과 삼대주교에서도 전쟁의 정보를 수집해 봤지만 드래곤을 위협하는 기사, 혹은 마법사에 대해서는 들어본 적이 없었다.

그런 것을 따져보면 시우의 신분 자체가 거짓일 가능성이 컸다.

애초에 성직자들이 보기에 시우는 인간이라고 하기도 힘들었다.

그것은 브로딕스의 사체에서 드래곤 하트가 나오자 확신으로 물들었다.

브로딕스의 모든 마법은 시우의 마력에 상쇄되었다. 게다가 브로딕스가 드래곤이라는 사실은 아무도 말을 하지 않았으니 베헬라 교단의 성직자들은 브로딕스가 인외급 마법사라는 사실은 알아도 드래곤일 거라고는 생각하지 못했다.

그것이 브로딕스의 품에서 드래곤 하트가 나옴으로서 그가 드래곤이라는 사실이 증명되었던 것이다.

브로딕스의 정체를 깨달은 성직자들은 생각했다.

도대체 어떤 인간이 드래곤의 마력에 마력으로 대항할 수 있는 능력을 가질 수 있단 말인가.

의심과 공포, 전투로 인한 흥분상태가 누적되어 성직자들은 뽑아든 검을 다시 꽂을 생각도 못하고 시우를 향해 겨누며 가쁜 숨을 헐떡이고 있었다.

그들의 반응에 시우는 어깨를 으쓱거렸다.

무저항으로 내력 봉인 팔찌를 차고, 위기의 순간에 카렌을 돕는 등 제법 많은 생각과 고려를 거쳐 믿음직한 상황을 연출해왔다. 그러나 시우가 지닌 무력은 그런 모든 계책이 소용없을 정도로 이해하기 힘든 것이었다.

그러나 모두가 넋을 놓고 있었던 것은 아니었다.

"여러분 지금 도대체 뭘 하시는 거죠? 검을 거두세요!"

"하지만 성녀님!"

"더 이상 같은 말은 반복하지 않겠습니다! 검을 거두세요! 만약 슈 경에게 저를 헤치거나 저희 베헬라 교단에 적대할 생각이 있었다면 저희는 지금 무사할 수 없었습니다! 계시를 받았다는 이유로 무저항으로 구속에 응해주셨습니다. 적의 습격을 미리 알고 경고해 주셨으며 또 위기에 처한 저희를 구해주셨습니다. 그런 슈 경에게 검을 겨누다니, 베헬라께서는 저희를 그렇게 가르치지 않았습니다!"

카렌의 열변에 성기사가 뽑아든 검은 천천히 바닥을 향해 늘어졌고 신경을 곤두세워 언제든 기도문을 외울 수 있도록 준비하던 신관들은 꿀 먹은 벙어리가 되었다.

가만히 그것을 지켜보던 데기아가 외쳤다.

"성녀님. 드래곤 하트는 어떻게 하는 것이 좋을까요."

"슈 경에게 드리세요. 그것은 저희의 것이 아닙니다. 그리고 데미안 경! 슈 경의 검을 돌려드리도록 하세요."

"에? 그래도 되는 겁니까?"

"슈 경의 무위는 이미 보셨잖습니까? 슈 경의 능력이라면 검의 유무는 크게 상관이 없을 것입니다."

데미안은 성녀의 말에 고개를 끄덕였다.

그러나 조금은 머뭇거리며 아쉬워하는 모습을 보였다. 세실강 한손검을 돌려주기가 아쉬운 모양이었다.

시우는 그런 데미안의 손에서 검, 리네를 빼앗듯 돌려받았다. 데미안의 시선이 끈질기게 리네를 쫓아왔지만 시우는 신경 쓰지 않고 그것을 왼쪽 허리에 패용했다.

그리고 이내 다가온 데기아의 손에는 드래곤 하트가 들려 있었다.

시우는 그것을 받은 자리에서 잠시 생각을 정돈하다가 아이템창에 넣었다.

마음 같아선 지금 당장 비어버린 아이시크의 드래곤 하트와 갈아 끼어 최대 마력량을 늘리고 싶었지만 그랬다간 머리카락과 공동의 색이 변하고 만다. 안 그래도 수상한 놈 취급을 받고 있는데 모두가 보는 앞에서 더 수상한 모습을 보였다간 또 다른 문제를 초래할 가능성이 있었다.

시우의 손에서 드래곤 하트가 사라지는 것을 지켜본 카렌은 입을 열었다.

"지금은 상황이 상황이니만큼 슈 경의 정체에 대해서는 불문에 붙이겠습니다. 하지만 펠릭스 령에 도착하면 그때는 해명을 해주셔야 합니다."

시우는 카렌의 말에 고개를 끄덕여 수긍했다.

그리고 시우를 향해 슬금슬금 다가오는 아리에타나 에리카 일행을 바라보면서 도대체 자신에 대해 뭐라고 설명을 해야 할 지 생각을 정리하고 있었다.

베헬라 교단의 성직자들은 이번 전투로 죽은 동료들의 시체를 일단 땅에 묻고 지도에 표시를 해뒀다. 지금은 시체를 싣고 달릴 만한 여유가 없으니 나중에

수하를 보내 시체를 거둔 뒤에 정식적으로 장례식을 치를 생각이었다.

보통 평민이나 용병이 성벽 바깥에서 죽으면 죽은 자리에서 장례, 불로 태워 화장을 하는 것이 일반적이었으나 성녀를 지키기 위해 뽑힌 수호성기사나 수호신관들을 직분이 낮다는 이유로 이런 약식 장례로 때울 수는 없었다.

죽은 자들 가운데는 대주교급의 고위 직위의 성직자도 있었고 게다가 용감하게 적과 싸우다 전사한 이들을 묘비도 없이 방치할 수는 없는 일이었다.

✝

베헬라 교단과 시우 일행은 늦은 밤이 되어서야 페르시온 제국령에 도착했다.

모두가 노숙을 고려하는 사이에 멀리서 환한 야경이 시우 일행을 반겼다.

시우는 어딘가 익숙한 광경에 감탄했다.

마치 전기로 불이 들어온 근현대의 야경처럼 늦은 밤에도 밝은 빛이 도시를 밝히고 있었다.

무슨 원리일까 가만히 신경을 곤두세워보니 드래곤 하트로 짐작되는 마력이 영주성에 배치되어 거기서부터 마력이 흘러나와 도시 전체에 공급되는 것을 느낄 수 있었다.

그런 광경이 익숙한 듯 베헬라 교단의 성직자들은 감탄하는 모습을 보이는 일 없이 자연스럽게 거리를 가로질렀다.

이 광경은 시우도 상상해본 일이 있는 모습이었다.

설마하니 드래곤 하트를 사용할 거라는 생각까진 없더라도 마석 자원이 풍부한, 산마석국 같은 곳이라면 전기를 대신해 마석을 설치하여 현대와 비슷한 수준의 문화 환경을 이룩할 수 있지 않을까 싶었던 것이다.

도시가스도, 수도도, 전기도, 현대 문물의 대부분은 마법으로 대체하는 것이 가능했으니까.

그런 시우의 상상을 페르시온 제국에서는 드래곤 하트로 실현해내고 있었던 것이다.

시우가 진정 놀라는 이유는 이런 것이 가능하다는 것이 아니라 실제로 실천하고 있다는 것에 있었다.

마석도 그렇지만 드래곤 하트에는 상상 이상의 가치가 있다. 그것을 귀족을 위해 사용하는 것이라면 모를까 전도시의 시민을 위해서 소모하고 있다니 시우가 알고 있는 이 시대의 봉건주의 사회라면 있을 수 없는 일이었던 것이다.

"어떻게 이런 것이 가능한 거지?"

시우가 놀라 중얼거리자 지근거리에 앉아 턱을 괴고 있던 레이나가 콧방귀를 뀌며 이죽거렸다.

"흥! 그런 것도 몰라? 이 도시의, 페르시온 제국의 도시라고 불리는 모든 곳에는 제국의 지원으로 드래곤 하트가 제공되고 있어. 그리고 도시에서 사는 시민들은 시청에 세금을 선불로 지급하고 마력을 공급받는 것이지."

즉 레이나의 설명에 의하면 페르시온 제국은 북부를 지배하는 국가답게 다수의 드래곤 하트를 국고에 축적해두고 있었는데 방위 목적으로 사용되는 드래곤 하트를 제외한 남아도는 드래곤 하트로 국민들에게 쾌적한 생활을 제공하고, 페르시온 제국은 드래곤 하트를 이용해 자금력을 강화한다는 이야기였다.

게다가 드래곤 하트로 쾌적한 환경을 손에 넣은 국민들은 시간을 효율적으로 활용, 면학이나 수련에 힘을 써 다양한 인재를 발굴해낼 수 있다는 이야기였다.

남아돌다 못해 먼지가 쌓여가는 드래곤 하트가 생길 정도로 많은 수의 드래곤 하트를 소유한 페르시온 제국이 아니면 할 수 없는 일이었다.

시우는 그런 레이나의 이야기를 듣다가 고개를 갸웃거렸다.

"하지만 평민이 면학을 해서 무엇 하게? 기사라면

평민이라도 고위 직분에 등용한다는 사실은 나도 알고 있지만 지식을 쌓고 지혜를 닦아도 신분이 낮으면 고위 관직에는 오르지 못하잖아? 평민이 앉을 수 있는 관직이라고 해봐야 시청의 공무원 정도잖아."

전생에서의 시우라면 결코 하지 않았을 말이었다. 하지만 시우도 평민들과 부대끼며 살아오는 동안 이 세계의 현실을 알고 있기에 물어보지 않을 수 없는 질문이었다.

레이나의 말을 듣기로는 결코 적지 않은 수의 평민들이 관직에 오르기 위해 면학에 힘쓰고 있다고 하는데 그래서 관직에 오를 수 있는 평민의 수는 한정되어 있지 않느냐는 말이었다.

드래곤 하트의 마력 공급으로 인해 세금 시스템이 복잡해지면서 시청이 할 일이 늘어났다. 때문에 원래라면 외성, 내성으로 나뉘어 한 도시에 2개 밖에 없어야 할 시청이 페르시온 제국에서는 도시라 이름 붙은 모든 영지에 이르러 8개 이상 배치되어 있었다.

게다가 거기서 일하는 공무원의 수도 많았다.

그런 탓에 아무리 공무원으로 채용될 자리가 많다고는 해도 그 수가 천을 넘는 일은 없겠지. 즉 수 만, 수 십 만의 면학에 힘쓰는 평민 중에 관직에 앉을 수 있는 것은 얼마 되지 않다는 뜻이었다.

그런 의문에 레이나는 한숨을 폭 내쉬었다.

그리고 이내 레이나의 입에서 흘러나오는 말들은 시우를 벙어리로 만들기에 충분한 것들이었다.

오랜 과거, 페르시온 제국은 국왕파와 귀족파로 나뉘어 권력다툼을 하고 있었다.

전쟁으로 영토를 넓히고 실질적으로 북부의 지배자가 된 것까지는 좋았지만 그 과정에서 국고를 관리하는 재무장관이 귀족파로 넘어감에 따라 실질적인 국왕파의 권력은 땅에 떨어지고 말았던 것이다.

국고의 재정에는 전쟁의 전리품으로 거둬들인 드래곤 하트가 포함되어 있었고, 드래곤 하트를 관리한다는 것은 곧 힘과 권력을 손에 넣는다는 것과 같았다.

왕은 스스로 믿을 수 있는 귀족에게 재무장관의 자리를 하사했지만 전쟁이 끝나고 마음이 바뀐 재무장관은 욕심에서 기인한 선택으로 귀족파가 되었던 것이다.

즉 재무장관은 황위 찬탈의 꿈을 꾸고 있었다.

그것만큼은 페르시온 제국의 황제도 능히 추측할 수 있었지만 문제는 거기에 협력하는 귀족파가 얼마나 되는지 알 수 없다는 데에 있었다.

겉으로는 국왕파를 연기해도 사실은 귀족파일 가능성도 있었고, 당대의 재무장관처럼 국왕파였지만 마음을 바꿔 먹어 귀족파로 갈아탈 가능성도 없지는 않으니까.

지금의 재무장관을 관직에서 직위 해제 시켜도 차기 재무장관이 배신할 가능성이 있는 이상 마음대로 행동할 수는 없었다.

황제는 국왕파 귀족파를 가리지 않고 주위의 모든 귀족들이 적으로 보이기 시작했다.

그것은 마음에 병을 얻어 미쳐도 이상하지 않을 고독과 공포였지만 황제는 마음을 다잡고 귀족파에 대항하기 시작했다.

황제는 미친 척을 하면서 교단에 평민을 위한 교육기관 설립을 제안했다.

그 시대는 아무리 능력이 뛰어나도 평민의 피를 타고 태어난 자라면 기사조차 될 수 없는 때였다. 그런 시대에 평민에게 귀족에게만 허락된 '배움'을 베풀겠다는 황제의 제안은 그야말로 미친 것으로 밖에는 보이지 않았다.

황제는 그런 귀족들의 반대를 교단의 힘을 빌려 가라앉혔다.

어디까지나 평민들이 배우는 것은 신의 가르침.

거기에 반항하는 자들은 신에게 거역하는 것과도 같다고 말이다.

귀족만큼이나 강력한 권력을 가지고 있는 교단이었다. 교단이라는 제삼의 세력에게 힘을 빌려 황제는 평민의 교육 기관을 설립할 수 있었다.

그리고 황제는 옥좌에 앉아 버렸다.

수많은 귀족들의 비난과 질책에도 무너지지 않고 버티며 언제든 호시탐탐 옥좌를 노리는 귀족파의 중상모략에도 무너지지 않고 버텨 냈다.

그렇게 수년이 지난 어느 날, 황성에 한 명의 평민이 찾아왔다.

그는 교단이 설립한 교육 기관의 수석 졸업자였는데 황제가 그를 치하하겠다는 이유로 불러들인 것이었다.

그리고 황제는 그 자리에서 즉시 그를 재무장관의 보좌로 세웠다.

평민을 관직에 앉힌다는 것은 그 시대엔 결코 있을 수 없는 일이었지만 재무장관을 필두로 황제의 제안은 이상하리만큼 자연스럽게 수락되었다.

평민 따위를 관직에 앉혀 그가 실수라도 하는 날에는 황제에게 책임을 떠넘겨 무능을 힐난하며 아직까지 국왕파에 소속된 귀족들에게 회의감을 안겨주고 귀족파로 수렴할 수 있을 것이라는 계획이었다.

그리고 그 즉시 황제는 드래곤 하트를 사용해 시민

들의 생활환경을 개선하는 계획을 추진했고 재무장관
은 이것이야말로 황제를 옥좌에서 끌어 내릴 결정타
가 될 것이라고 생각하며 수락했다.

그러나 재무장관에게도 그 일은 힘이 벅찬 일이었
고, 교단의 교육 기관에서도 천재라고 불리며 수석으
로 졸업한 평민이 재무장관의 일을 물려받아 일을 처
리하기 시작했다.

얼마 되지 않아 황제는 그 평민, 재무장관 보좌를
불렀다.

이번 일을 깔끔하게 처리한 것에 대한 치하를 위해
서였다.

그리고 그 자리에서 재무장관은 직위를 해제 당하
고 평민이었던 재무장관 보좌가 재무장관의 자리에
앉게 되었다.

황제는 생각했던 것이다.

귀족을 믿을 수 없다면 평민을 교육시켜 재무장관
의 자리에 앉히면 되는 일이라고.

그런 단순한 생각을 위해서 황제는 오랜 세월 옥좌
에서 버티며 지켜왔던 것이다.

당연히 재무장관은 반대했다.

그뿐 아니라 황제가 미쳤다며 황성까지 끌고 온 기
사들로 하여금 황제의 목을 치려 들었다. 그러나 황제

의 곁에는 교단의 교육 기관에서 훈련을 거쳐 근위기
사로 임명된 수십의 평민들이 있었고 재무장관은 그
자리에서 목이 달아나고 말았다.

기사라고는 해도 재무장관이 끌고 온 기사들은 능
력보다는 혈통을 우선시한 반쪽짜리 기사들이었으니
까. 오로지 능력만으로 근위기사로 임명된 평민들에
게는 당해낼 수 없었다.

능력만 있으면 평민도 관직에 임명한다. 이러한 최
초의 사례를 페르시온의 황제가 만들어 냈던 것이다.

시우가 지금까지 보아왔던, 평민 출신의 근위기사
들은 이러한 페르시온 제국의 전례가 있었기에 가능
한 기적이었다.

다른 국가에 이러한 정책이 없는 이유는 교육 기관
의 부재가 가장 큰 이유였다.

페르시온 제국처럼 평민을 위한 교육 기관을 세우기
위해선 신의 가르침이라는 명분을 앞세워 귀족들의 반
대를 물리쳐야 하는데 그러기 위해선 성직자들의 조직
인 교단의 존재가 필요불가결하기 때문이었다.

현재 헤카테리아 대륙에서 교단을 세울 정도의 국
가권력을 가진 곳은 페르시온과 알덴브룩뿐이었다.

그나마 알덴브룩 제국은 교단을 위한 신전과 교육
기관을 설립하고는 있었지만 페르시온과는 달리 교육

기관의 목적은 시민들의 세뇌에 있었다.

교단의 교육 기관이라고 하면 평민들은 페르시온 제국의 교육 기관을 떠올려 출세를 위한 수단으로 생각하기 마련이었다.

그런 생각으로 교육 기관에 입학하는 평민들을 대상으로 대놓고 세뇌 교육을 실시하기 위해 설립한 것이 바로 알덴브룩 제국의 교육 기관이었다.

알덴브룩 제국의 시민들은 알게 모르게 파일로스 교단의 교리를 주입당하고 이내 강한 힘에 의해 압제당하는 현상에 아무런 의심도 품지 않게 될 것이다.

그것도 결코 짧지 않은 시간을 요구하게 되겠지만 드래곤들에게 시간은 아무런 문제가 될 수 없었다.

결국 모든 인간은 힘의 정점인 드래곤들을 섬기고 모시며 그들에게 지배당하는 사실에 기뻐하게 될 것이다.

시우는 레이나의 설명을 들으면서 알덴브룩 제국에 건설되고 있던 신전을 떠올리고 막연히 그런 가능성에 대해서 떠올렸지만 알덴브룩 제국에서 정확히 무슨 일이 일어나는지는 알 길이 없었다.

단지 마차가 달리는 거리의 아름다운 야경을 즐기면서 이런 곳에서 사는 것도 나쁘지 않을 것 같다는 감상을 품고 있을 뿐이었다.

물론 그것은 세리카를 구해낸 후의 일이 되겠지만 말이다.

시우는 그런 감회 속에서 일행을 돌아보았다.

만약 페르시온 제국에 집을 마련하게 된다면 로이와 루리는 같이 산다고 하고 소라와 에리카, 그리고 리나는 어쩔지 궁금해졌기 때문이었다.

알테인들의 습성으로 보면 소라와 에리카는 숲으로 돌아갈 가능성이 크고 리나는 묘인답게 한곳에 체류하지 않을 가능성이 컸다. 하지만 일말의 가능성을 떠올렸던 것이다.

세리카와 함께 시우가 마련한 집에 머물러 다 같이 살아갈 가능성을.

그러나 시우가 돌아본 곳에서는 리나가 인상을 잔뜩 찌푸리고 있었다.

그리고 리나 만큼은 아니지만 소라와 에리카도 어딘가 불편한 기색이었다.

"왜 그래?"

"뭐가냐?"

"아니, 너 방금 노골적으로 짜증난다는 표정을 짓고 있었잖아."

"아아, 그거냐? 아무것도 아니냐."

시우는 다시 한 번 소라와 에리카를 훑어보고 인상

을 찌푸렸다.

"아무것도 아닌 게 아니잖아. 무슨 일이야. 뭐가 마음에 안 드는데? 제대로 말하지 않으면 모른다고."

시우가 대답을 독촉하자 팔짱을 끼고 시선을 돌렸던 리나가 시우와 시선을 마주쳤다.

잠시 그렇게 뜸을 들이던 리나는 한숨을 크게 한 번 내쉬더니 대답했다.

"교단이냐."

"교단? 교단이 왜?"

시우가 되묻자 리나는 어쩔 수 없다는 듯 설명을 시작했다.

교단이란 신을 믿고 신의 은총을 누리는 자들의 집단이다.

그리고 신의 은총은 오로지 인간을 위해서만 내려진다.

이를테면 마력이 돌연변질한 결과, 성력의 각성은 오로지 인간한테서만 일어나는 현상이다.

언데드나 유사인종, 드래곤들에게는 결코 일어나지 않는다.

또한 신의 사자로 선택되는 것은 오로지 인간뿐이었다. 지금은 규칙을 파괴한 파일로스에 의해 성룡 베네모스라는 예외가 생기기는 했지만 말이다.

즉 교단이란 오로지 인간을 위한 조직이고 신의 은 총이 허락되지 않은 유사인종들은 교단에게 있어 배척의 대상이었다.

삼대주교는 그 성향이 심각하지는 않지만 몇몇 교단 중에서는 유사인종을 노골적으로 적대하며 유사인종 사냥에 힘쓰는 곳도 있었다.

지금도 주위를 둘러보니 몇몇 성직자들이 리나를 곁눈질 하는 것을 알아챌 수 있었다. 시우의 마법도구로 날개를 숨기고 있는 소라나 에리카와는 다르게 리나는 머리 위로 솟은 동물 귀와 꼬리를 적나라하게 드러내고 있었다.

덕분에 유사인종임이 드러나 성직자들의 시선을 한 몸에 받고 있었던 것이다.

시우가 시선을 던지자 식은땀을 흘리며 시선을 피했지만 말이다.

아마 그 눈빛이 불편한 것은 리나뿐이 아닐 것이다. 아직까지 성직자들은 소라나 에리카가 알테인이라는 사실을 몰랐지만 이러한 감시의 눈길이 계속된다면 정체가 발각될 지도 모른다는 불안에 휘말려 있을 것이 틀림없었다.

"어째서 우리가 교단의 의도에 어울려야 하는 거야? 네 힘이라면 교단의 수작 정도는 무시할 수 있잖아?"

소라가 참고 있던 의문을 소리 내어 표현하자 에리카도 덩달아 목소리를 높였다.

"맞아요. 오빠. 그냥 우리끼리 페르시온 제도를 찾아가면 되잖아요. 네?"

그런 에리카의 목소리는 잘게 떨리고 있었다. 아무래도 에리카는 시우가 생각했던 것보다 이 상황에서 받는 스트레스가 상당한 모양이었다.

그러나 시우는 눈을 감고 가만히 고개를 저었다.

"미안하지만 조금만 더 참아줄 수 없겠어? 물론 소라가 말했던 것처럼 내가 원하면 굳이 교단과 행동을 같이할 필요는 없어. 하지만 성녀가 말했던 계시라는 것이 마음에 걸려. 어쩌면 내가 이곳에 있는 이유를 교황성에 도착하면 들을 수 있을지도 몰라."

"오빠가 이곳에 있는 이유요……?"

"그래. 아직 너희에게는 해주지 못한 이야기도 많고 말이지."

시우의 말에 세 여인은 의문을 느끼면서도 질문을 할 수가 없었다. 그런 그녀들의 모습에 시우는 약속했다.

"만약 교단과 적대하는 일이 생기더라도 너희의 안전은 내가 꼭 지킬 테니까."

"오빠……."

세 여인은 시우의 약속에 고개를 끄덕였다.

시우가 무엇을 바라고 있는지는 모르겠지만 시우가 그녀들과 함께 하는 이상 그녀들이 두려워할 이유는 없다고 새삼 깨달았기 때문이었다.

마차는 야경 속을 달려 목적지에 도착했다.

마차가 향한 곳은 영주성이였다.

일반적으로 국경을 지키는 변경령은 다른 영지와는 다른 특징을 가지고 있었다.

변경령은 타 국가와 밀접해 있는 특징에 의해 병사 및 기사를 제한 없이 육성할 수 있으며 필요에 따라서는 주변 영지로부터 병사의 지원을 요청하는 것도 가능했다.

이는 외침으로부터 국가를 보호하기 위한 수단으로서 당연한 이치였다.

그렇기 때문에 변경령주들은 직위와는 별개로 군사력에 의한 강대한 권력을 손에 넣고 있었다.

그것은 외침의 걱정이 없는 토발츠 변경령도 마찬가지였다.

페르시온 제국령의 남쪽 국경에 위치한 토발츠 변경령은 무역도시 제네란과 밀접해 있었지만 침략의 걱정이 없었다. 하지만 예로부터 토발츠 령도 국경에 위치한 변경령이라는 이유로 군사권과 자치권에 있어서 여타의 변경령과 똑같은 취급을 받고 있었다.

거기에 불만을 토로하는 귀족이 없는 것은 아니었지만 이미 권력을 손에 쥔 토발츠 변경령주에게 정면에서 대항할 수 있는 자는 몇 존재하지 않았다.

외침의 걱정도 없이 수많은 병사와 기사를 거느린 변경령주 칸드라 사샤드는 랑작위라는 작위에 어울리지 않는 권력을 휘두르고 있었다.

그야말로 페르시온에서 독립된 하나의 국가를 통치하는 것과도 같은 기묘한 광경이었다.

카렌도 귀족들의 위세에는 나름대로 적응을 마친 상태였지만 칸드라 사샤드라는 귀족의 행태만큼은 도무지 적응을 할 수가 없었다.

카렌에게 성녀라는 직분이 없었다면 그냥 주변의 낡은 여관방을 빌려서 밤을 보내고 아침이 밝으면 그 즉시 출발하고 싶을 정도로 말이다.

그러나 성녀라는 직분은 그러한 행위를 허용하지 않았다.

카렌과 마찬가지로 그녀를 호위하는 성직자들도 칸드라 사샤드를 불편하게 생각하기는 마찬가지였지만 토발츠 변경령에서 가장 안전한 곳은 바로 영주성이었고 성녀의 안전을 생각한다면 영주가 다소 불편한 것은 감수해야 할 리스크였기 때문이었다.

"어서 오시오. 어서 오시오. 무역도시 제네란을 향한다고 하기에 남부에 용무가 있을 거라 생각했소만 벌써 돌아오셨구려."

칸드라 사샤드는 무릎을 탁 치며 말했다.

그는 얼마나 살이 쪘던지 무릎을 친 반동으로 전신의 살이 푸들푸들 흔들렸다.

그 광경을 바라보며 성녀의 뒤에 시립하고 서 있던 데기아가 눈살을 찌푸렸다.

'남부는 이미 알덴브룩 제국의 점령 하에 들어갔는데 그런 곳에 성녀님이 갈 리가 없잖아.'

사샤드의 무식함에 저도 모르게 눈살을 찌푸린 것이었다. 그런 데기아와는 다르게 성녀는 엷은 미소를 띠운 채 일말의 변화를 보이지 않았다.

"그래. 가신 일은 잘 되었소?"

"예. 칸드라 사샤드 경의 덕분입니다."

"허헛! 그만 두시오. 칸드라 사샤드라니, 그냥 편하게 사샤드라 불러주면 본인도 기쁠 것이오."

"예. 사샤드 경."

사샤드는 카렌의 모습을 위아래로 훑어보았다. 불과 수 년 전까지만 해도 아직 이마에 피도 안 마른 어린 아이에 불과했는데 지금에 이르러선 제법 괜찮은 여자로 성장했다.

사샤드는 옆에서 시중을 들며 부채질을 하던 하녀의 허리를 끌어당겨 가슴을 움켜쥐었다.

아쉬웠다.

카렌이 성녀만 아니었으면 당장에 밤시중을 들라고 명령했을 터인데 말이다.

사샤드는 부푼 욕망을 하녀를 통해 처리할 수밖에 없었다.

손님들이 방문한 와중에 거친 손길로 사샤드의 품에 안긴 하녀는 수치에 몸을 떨면서도 저항할 생각을 하지 못했다.

성직자들은 물론 영주에게 소개하기 위해 성녀가 데려온 시우 일행도 눈살을 찌푸렸다.

교단과 함께 행동하기 위해서는 시우 일행도 영주성에 머물 필요가 있었는데 베헬라 교단에 소속된 성직자들과는 다르게 시우 일행은 어디까지나 타인이었으니 영주의 허락이 필요했던 것이다.

"그런데 거기 뒤에 있는 자들은 누구이외까? 복장으로 보아 교단의 인물은 아닌 듯한데?"

"다름이 아니라 이번에 소개하기로 말씀드렸던 교단의 손님들입니다."

성녀의 발언에 사샤드의 눈에 이채가 떠올랐다. 특히 아리에타나 레이나를 비롯해 여인의 몸을 바라보

는 사샤드의 눈빛에서는 탐욕이 끈적끈적하게 눌어붙
는 듯했다.

"손님이라고 하면?"

소개를 바라는 사샤드의 눈치에 가장 먼저 나선 것
은 아리에타였다.

교단의 검문에서 레이나는 아리에타의 시녀로 소개
를 마쳤고 손님 중에서 가장 신분이 높은 이가 바로 아
리에타였기 때문이었다.

"임펠스 왕국의 왕녀 페르미온 아리에타라 합니
다."

그리고 그 뒤를 이어 차례로 근위기사들, 시녀들,
시우의 동행들이 자기소개를 마쳤다.

그러자 사샤드의 눈빛에서 아쉬움이 떠올랐다가 사
라졌다.

사샤드의 탐욕의 눈빛은 아리에타를 향해서 가장
뜨겁게 타오르고 있었는데 그녀가 임펠스 왕국의 왕
녀라고 자신을 소개하자 그녀야말로 교단의 손님이라
고 판단했던 것이다.

시녀의 가슴을 주무르는 사샤드의 손에 힘이 들어
가고 시녀가 교성을 흘렸다.

손님이 있는 앞에서 최대한 목소리를 내지 않기 위
해 참는 모양이었지만 억눌린 신음이라는 것은 어딘

가 낯부끄러운 느낌이었다.

사샤드의 탐욕은 사그라들기가 무섭게 다시 타오르기 시작했다.

시녀라고 하기에는 기묘하게 기품이 있는 레이나를 차선책으로 선택했던 것이다.

그 눈빛은 숨기려는 낌새가 없어 노골적이었다.

"알겠소. 교단의 손님이라고 한다면 그들은 우리 페르시온 제국의 손님이기도 하지. 페르시온 제국의 변경령주로서 그대들을 환영하오. 그렇다면 여러분들이 하룻밤 머물 수 있는 방으로 안내하겠소."

사샤드가 알현실 구석에 서서 대기하고 있던 집사를 손짓으로 불러 귓속말을 하자 집사가 나서서 성녀를 비롯한 손님들을 방으로 안내하기 시작했다.

그리고 칸드라 사샤드가 집사에게 뭐라고 귓속말을 했는지는 머지않아 모두가 알 수 있었다.

성녀나 아리에타에게 귀빈실을 내어 주는 것은 당연한 일이었지만 어째선지 레이나에게까지 하나의 귀빈실이 통째로 주어졌기 때문이었다.

영주성에는 거기에 방문할 손님을 위한 자리가 항상 준비되어 있다.

강한 권력을 가진 귀족에게는 항상 많으나 적으나 적이 있는 법이었다.

그것이 높은 혈세 때문에 분노한 평민들이든, 경쟁 관계에 있는 귀족이든, 아니면 소속 국가 또는 파벌에 따른 적대 세력이든 말이다.

그렇기 때문에 자신의 활동 역역을 벗어난 귀족들은 언제나 안전에 유념한다.

영주성의 귀빈실은 그러한 귀족들이 방문할 경우를 위해 준비하는 자리였다.

즉, 귀빈실은 오로지 귀족만을 위한 공간이라 할 수 있었다.

그런 자리에 베헬라 교단의 최고 권력자인 성녀 카렌이나 왕녀인 아리에타가 묵는 것은 당연한 사실이었지만 레이나에게까지 귀빈실이 주어지는 것은 이상하다 할 수 있었다.

만약 큐란 가의 꽃이라 불리는 큐란 레이나의 정체가 발각됐다면 이해하기 어려운 사실도 아니었지만 사샤드는 그런 것은 전혀, 눈곱만큼도 알아채지 못한 눈치였다.

그렇다면 어째서?

혹시 정체까지는 몰라도 레이나의 태도에서 귀족일 거라고 짐작한 것일까?

일행의 의문은 답을 찾지 못하고 허공을 맴돌았지만 밤도 깊었고 모두들 낮에 있었던 전투로 지쳐있는 상태였다. 더 이상은 의구심도 품지 못한 채 모두들 각자의 방을 찾아 들어갔다.

　시우는 홀로 귀빈실을 찾아 들어가는 레이나의 뒷모습을 빤히 바라보았다.

✢

　귀빈실은 타 지역에서 찾아온 귀족을 위한 장소인 만큼 밀착 호위를 위해 바로 옆에는 호위들의 생활공간이 마련되어 있었다.

　성녀 카렌의 귀빈실에는 대주교급 성직자들의 호위로 붙어 있었고, 왕녀인 아리에타의 귀빈실에는 스스로 임펠스의 근위기사의 신분이라고 밝힌 시우를 비롯한 진짜 근위기사들이 만일을 대비해 대기하고 있었다.

　당연하지만 레이나의 귀빈실에는 호위가 아무도 붙어있지 않았다.

　그녀는 무역도시 크란데를 통치하는 큐란 가의 영애로 명실상부한 귀족이었지만 신분을 숨기기 위해 대동한 것은 시녀장인 루시아나뿐이었다.

　그것은 어디까지나 시우의 무력을 믿은 큐란 프란드의 결정이었다.

시우는 누운 자리에서 좌로 우로 잠자리를 뒤척이다가 벌떡 몸을 일으켰다. 그 기척에 차례로 당직을 보고 있던 근위기사 지미가 고개를 돌렸다.

"뭐야. 잠이 안 와?"

"아니, 신경 쓰이는 일이 있어서 말이지."

지미가 어둠 속에서 고개를 갸웃거렸다.

"신경 쓰이는 일?"

"뭐, 내 일은 신경 쓰지 말고 우리 공주님이나 잘 지켜보고 있으라고."

"네가 말하지 않아도 공주님을 지키는 것은 우리 근위기사의 임무다. 그것보다 어디에 갈 생각인지는 모르겠지만 너무 멀리까지 나가지는 말라고."

"알고 있어."

시우는 근위기사들이 머무는 방에서 나와 복도를 둘러보았다.

조용하다.

신경 써서 정신을 집중시키니 두 귀빈실을 비롯한 객실에서 수면을 취하고 있는 수많은 기척들을 감지할 수 있었다. 수호 성기사단을 비롯한 베헬라 교단의 성직자들과 시우의 일행들의 기척이었다.

그리고 시우의 시선이 세 번째 귀빈실을 향했다.

그 안에서는 아무런 움직임이 느껴지지 않았다.

심장 박동이나 호흡이 느껴지는 것을 보아선 사람은 있지만 그 기척은 침대 위에서 꼼짝도 않았던 것이다. 만약 시우가 아니었다면 레이나가 수면을 취하고 있다고 생각했을 것이다.

그러나 시우는 레이나의 호흡이 조금은 불안정하며 불규칙적이라는 사실을 알 수 있었다.

시우는 노크도 없이 귀빈실의 문을 열고 들어갔다.

침대 위에 웅크리고 누워있던 레이나가 움찔 몸을 떨었다.

천천히 상체를 일으킨 레이나는 문을 열고 들어온 상대를 확인하고 눈을 크게 떴다.

"다, 당신!"

"왜 아직까지 깨어 있지? 잠이 안 오나?"

시우의 질문에 레이나는 인상을 찌푸렸다.

"내가 잠을 자고 있든 그렇지 않든 당신이 무슨 상관이야? 그것보다 당신이 왜 내 방에 들어온 거지? 이렇게 늦은 밤에 숙녀의 방에 노크도 없이 들어오다니 도대체 무슨 생각인지!"

레이나는 조금 언성을 높여 시우를 질타했지만 시우는 거기에 일언반구도 하지 않았다. 다만 레이나를 잘 관찰하면서 그녀의 상태를 확인할 뿐이었다.

시우가 들어온 직후만 해도 긴장과 두려움에 가까

운 근심으로 벌벌 떨고 있던 레이나가 조금은 기쁜 듯
이 보였다.

아마 이 넓은 귀빈실에 혼자 있던 것이 두려웠던 모
양이었다.

귀엽다면 귀엽지만 레이나가 무엇을 두려워하는지
짐작할 수 있었던 시우는 그런 레이나를 비웃지 않았다.

레이나가 두려워하는 것은 침대 밑의 괴물이나 어
둠에 숨어있는 유령 따위가 아니었다.

그것보다도 더욱 추악하고 더러운 감정이었다.

"너도 알고 있는 거지? 사샤드가 너에게 귀빈실을
배정해준 이유를."

언성을 높이던 레이나의 목소리가 멎었다.

사샤드는 결코 친절이나 성의 따위로 레이나에게
귀빈실을 내어준 것이 아니었다.

아무리 사샤드가 손님의 앞에서 시녀의 가슴을 주
무르는 몰상식한 자라고는 해도 정식적으로 왕녀의
시녀라 소개한 자를 품고 싶으니 내놓으라고는 요구
할 수 없다.

그러니 시녀에게 따로 귀빈실을 제공하고 혼자 있
을 레이나를 밤에 몰래 찾아가 안으려는 생각이었겠
지.

고작 시녀 따위가 페르시온의 변경령주인 칸드라

사샤드의 요구를 거절할 수는 없을 테니까. 물론 손님의 시녀를 품었다는 것이 나중에 밝혀진다면야 문제의 소지가 될 가능성도 없지는 않지만 토발츠의 영내에서 사샤드의 권력은 절대였다.

일단 욕정부터 풀고 나서 변명은 나중에 얼마든지 할 수 있었다.

시우는 그 사실을 눈치 챌 수 있었다.

아리에타와 카렌은 눈치 채지 못한 모양이었지만 아마 교단의 성직자나 근위기사들 중에서는 이 사실을 깨달은 자도 있을 것이다.

그러나 아무도 그 사실을 카렌이나 아리에타에게 주의주지 않았다. 카렌과 아리에타가 그 사실을 알게 되면 분명 그런 일이 일어나지 않도록 막으려 들 테고 그것은 곧 토발츠 변경령주와 갈등을 빚게 될 원인이 될 테니까.

성직자와 근위기사들은 레이나를 희생 제물로 삼고 그 사실을 모른 체하려 했던 것이다.

문제는 그런 사실을 레이나도 알고 있었다는 것이다.

사샤드가 본인에게 욕정을 품고 있고, 그 욕정을 풀기 위해 이런 으리으리한 귀빈실을 배정해준 것이라고 말이다.

"어째서 도움을 요청하지 않았지?"

이 세계는 시우가 생각하는 것보다도 더 추악하다.

혹시라도 레이나가 사샤드의 내심을 알고 있으면서도 그에 관해서 상관없다고 생각하고 있다면 시우도 달리 손을 쓸 생각은 없었다.

그러나 레이나는 두려워하고 있었다. 공포에 몸을 떨고 있었다.

그렇게나 싫어했던 시우의 방문을 진심으로 반기며 의지하고 있었다.

"도움? 어째서? 나는 도움 따위……."

필요 없어.

그렇게 입을 움직이는 레이나의 입에선 음성이 흘러나오지 않았다.

도저히 그런 말은 할 수가 없었다.

시우와 잠시 시선을 마주치던 레이나는 흔들리는 마음을 굳게 다잡고, 웃었다.

네 도움 따위는 필요 없다고, 시우의 시선을 정면에서 마주보며, 비웃었다.

"하? 도움? 내가 왜 네 도움을 필요하다고 생각하는 거야? 변경령주라고? 페르시온 제국의 변경령주라고 하면 권력의 상징이잖아? 나는 페르시온 제국과의 협력관계를 맺을 방법으로 혼인 상대를 찾기 위해 너희와 동행한 거야. 형편 좋게도 그런 변경령주의 한 명이 내게 욕정을 느끼고 있다면 그것을 이용하는 것이 내 임무라는 거지. 뭐, 물론 얼굴이 좀 더 취향에 맞는 남자였다면 좋았겠지만 상황이 이렇게 된 이상 어쩔 수 없는 일이지."

시우는 아무 말도 하지 않았다.

다만 저것이 진심인지 혹은 내심을 드러내지 않기 위한 연기인지 판단하기 위해 그녀를 지켜볼 뿐이었다.

잠시 침묵이 흘렀지만 겉으로만 보아서는 도무지 레이나의 속내를 알 수가 없었다.

분명 방금 전까지만 해도 두려움에 떨고 있던 레이나는 그것이 연기였다는 듯 당당하기 그지없었다.

"…그럼 도움은 필요가 없다는 뜻이지?"

잠시 머뭇거리는 것 같기도 했지만 레이나는 여전히 비웃음을 만면에 유지한 채 고개를 끄덕였다.

그것을 지켜본 시우는 시원스레 등을 돌려 문을 향했다.

쿵.

문이 닫히고 등줄기를 쭉 펴 도도한 자세를 지키고 있던 레이나의 상체가 무너지듯 넘어졌다.

"…도대체 누구에게 도움을 요청하라는 말이야."

레이나는 중얼거렸다.

알고 있었다. 스스로 말했던 것처럼 이곳에 온 이유를 생각하면 자신에게 욕정을 품고 있는 사샤드를 이용하는 것이 최선이라는 사실을.

그러나 레이나도 아직 어린 소녀였다.

시우의 진정한 무력을 깨닫고도 결코 약한 모습을 보이지 않는 기가 센 소녀였지만, 그래도 소녀였다.

진정한 사랑이라든지, 잘생긴 기사라든지, 백마 탄 왕자까지는 바라지 않아도 평범하게 서로에게 호감을 품고 천천히 마음을 키워가는 연애를 꿈꿨다.

그것이 이런 추악한 욕정 따위에 덧칠 당하고, 결국은 강제로 순결을 빼앗기는 상황에 처할 줄이야.

소리치고 싶었다.

도와달라고 이런 현실은 싫다고 소리치고 싶었다.

하지만 누가 들어준단 말인가?

이곳은 더 이상 그녀의 집이, 큐란 가문이 아니었다.

도움을 요청할 사람은 없는 것이다.

뒤늦게 손이 떨려왔다.

두렵다.

'나는 왜⋯⋯.'

그의 도움을 거절한 것일까.

후회가 되었다.

도움을 요청하지 못한 그녀를 도와주기 위해 찾아온 그 자를 쫓아내고 말았다.

이렇게 후회할 바에야 자존심을 굽히더라도 그의 발을 붙들고 도움을 구했어야 했던 것은 아니었을까?

큐란 가를 위해서라도 사샤드의 욕정을 이용해야만 한다는 이성과 그런 것을 위해서 자신의 순정을 버리기 싫다는 이율배반적인 감정이 맞부딪히기 시작했다.

그리고 그것은 사샤드가 문을 열고 나타날 때까지 계속되었다.

사샤드의 등 뒤에는 휴대용 마광구를 든 기사들이 서 있었다.

그들이 레이나의 방 안을 비추자 사샤드는 방을 좌우로 훑으며 살폈다.

"아무도 없군. 너희들은 문 앞을 지켜라."

기사들은 말없이 뒷걸음질을 치며 레이나의 방문 앞을 지켰다. 그리고 문이 천천히 닫히기 시작했다.

레이나의 심장이 떨렸다.

소리를 쳐야 할까? 도움을 요청하려면 저 문이 닫히기 전까지였다.

그러나 레이나의 입은 열리는 일이 없이 문은 완전히 닫히고 말았다.

"호오? 보아하니 내가 찾아올 것임을 눈치 채고 있었던 모양이구나?"

"하찮은 소녀에게 귀한 방을 베풀어 주신 데에는 그러한 뜻이 있지 않을까 짐작하였사옵니다."

"그렇다면 지금부터 무슨 일이 있을지도 알고 있으렷다?"

레이나는 고개를 끄덕였다. 거기에는 체념에 가까운 표정이 맺혀 있었지만 워낙에 어둔 밤이라 그러한 감정을 사샤드는 알 길이 없었다.

만약 사샤드에게 그러한 감정을 들킨다 하여도 앞으로 일어날 일은 변하지 않았겠지만 말이다.

"그럼 더는 말을 나눌 필요가 없겠지. 옷을 벗거라. 아니, 아니지. 내가 직접 벗기겠다."

사샤드는 뒷짐을 지어 볼록 배를 내밀고 레이나의 침상으로 다가갔다.

그 동안 레이나는 얌전히 눈을 감고 비명이라도 지르고 싶은 심정을 다스리고 있었다.

레이나의 곁에 도착한 사샤드는 뒷짐을 풀고 느릿한 동작으로 손을 뻗었다.

옷을 묶고 있는 끈을 끌러 벗겨내기 위해서였다.

사샤드의 손길이 레이나의 가슴께를 스치고 허리와 고간을 향했다.

상의와 하의의 매듭을 풀기가 바쁘게 색을 탐하기
위해 손이 움직였던 것이다.

　그러나 레이나의 몸은 뻣뻣하게 굳어 있었고 여인의
갈라진 부분을 향한 허용은 떨어지지 않았다. 허벅지
에 힘이 들어가 손이 고간에까지 닿지 못한 것이었다.

　"어허! 힘을 빼지 못할까. 내가 친히 은총을 내리려
하거늘……."

　"…읏!"

　레이나도 알고 있었다. 이렇게 긴장할 때가 아니었
다. 좀 더 적극적으로 사샤드를 가지고 놀며 이 육체
에 반하게 만들어야 했다. 정신을 쏙 빼놔야 했다. 그
래야 변경령주 사샤드의 권력을 큐란 가문을 위해서
휘두를 수 있었다. 그러나 아무리 이성적으로 생각해
도 레이나의 몸은 말을 듣지 않았다.

　결국 고간에 손을 대지 못한 사샤드는 고개를 저었
다.

　"어쩔 수 없구나. 그럼 위에서부터 차례차례 불을
지펴서 긴장을 풀어야겠구나."

　사샤드의 손이 흐트러진 레이나의 옷깃을 가르고
가슴을 움켜쥐었다.

　상대를 위한 배려나 염려 따위가 전혀 담기지 않은
거친 손길이었다.

"앗!"

레이나가 저도 모르게 고통의 신음을 흘렸다.

"그래, 그래. 기분이 좋은가 보구나."

레이나의 신음에 사샤드도 기분이 좋아진 듯 레이나의 손목을 붙잡고 쓰러트려 얼굴을 가까이 가져갔다.

가슴을 만지면서 입을 맞추려 했던 것이다.

레이나는 그것을 깨닫고 정신이 혼미해졌지만 그것을 피하지 않기 위해 온 몸에 힘을 주었다. 만약 몸에 들어간 힘을 빼면 저도 모르게 그 냄새나는 입을 피하고 말 것 같았기 때문이었다.

그리고 사샤드의 입술을 가르고 튀어나온 혀가 레이나의 입술을 핥았다. 사샤드의 혀는 레이나의 입술을 벌리기 위해 안간힘을 썼다.

"시, 싫어!"

레이나는 결국 사샤드의 얼굴을 밀쳐냈다.

도무지 사샤드에게는 몸을 허용할 수가 없었다.

이미 늦었는지도 몰랐다. 그러나 레이나는 외쳤다.

"도와줘! 도와줘요!"

"이 년이 감히 주제도 모르고!"

레이나는 다시 다가오는 사샤드의 복부를 발로 걷어차고 도망갔다.

문 앞에는 기사가 있을 것이다. 그것은 레이나도 보아 알고 있었다.

그러나 지금은 그저 이 자리를 피하고 싶었다.

도망가고 싶었다.

저 문을 열고 도와달라고 소리를 치면 그는, 체슈는 와줄까?

이미 허세를 부리며 도움을 거절했다.

평소 좋은 관계를 유지했던 것도 아니고 호의로 먼저 다가와 준 그를 바보 취급하며 내쫓아 버렸다.

만약 도움을 요청하는 레이나의 목소리를 들었다 한들 어쩌면 못 들은 척을 할지도 몰랐다.

아니, 상식적으로 모르는 척 하는 것이 정상이었다.

상대는 무려 북부의 지배국인 페르시온의 변경령주였다. 권력의 상징이었다. 여자 하나를 구하자고 그러한 권력자에게 대항하는 것은 사실 말이 되지 않았다.

급하게 움직이느라 시트를 밟는 바람에 바닥을 구른 레이나는 벌떡 일어나 문으로 달려갔다. 그리고 벌컥 열었다.

"도와……!"

그러나 레이나의 목소리는 의미를 갖추기도 전에 문 앞을 지키고 있던 기사에게 막혀버리고 말았다.

'안 돼!'

레이나는 절망했다.

입을 틀어 막혀 목소리를 전혀 낼 수 없었다.

발버둥을 치고 입을 틀어막은 기사의 얼굴을 마구 두들겨도 보았지만 레이나의 힘으로는 기사에게 저항할 수 없었다.

"이 년 감히 내가 누구인줄 알고……!"

코를 부여 쥔 사샤드의 얼굴에서 피가 흘러나왔다.

코피였다.

키스를 거부하기 위해 휘두른 레이나의 손길에 코피가 터지고 말았던 것이다.

뚝뚝 흐르는 붉은 피를 보고 손을 펼쳐 그 피가 자신의 코에서 흐르는 것임을 확인한 사샤드는 순간 이성이 날아갈 정도로 분노하고 말았다.

"이 빌어먹을 년이!"

사샤드의 피 묻은 손이 불끈 주먹을 쥐고 레이나의 얼굴을 휘갈겼다.

"아으으!"

터져 나온 신음은 레이나의 것이 아니었다.

레이나는 순간 자신이 주먹에 맞았다는 사실도 잊고 바닥에 주저앉아 터져 나온 코피가 바닥에 뚝뚝 떨어지는 것을 멍하니 바라보고 있었다.

신음은 사샤드의 것이었다.

시녀나 하인이 사샤드를 제대로 섬기지 못했거나 실수를 할 경우 그들을 체벌하는 것은 하녀장이나 집사장 따위의 직속 상급자다.

그러나 간혹 사샤드에게 거슬리는 행동을 했을 경우 종복에게 직접 체벌을 내리는 일이 있다.

그러나 그럴 때도 사샤드는 채찍과 같은 체벌 도구를 사용할 뿐이지 직접 주먹을 휘두르는 일은 없었다.

도구를 사용하는 것이 아닌 직접 손을 써서 남을 때린 것은 사샤드 평생에 이번이 처음이었다.

주먹을 잘못 쓴 탓도 있지만 손으로 직접 남을 때린다는 것이 이렇게 아플 줄은 몰랐던 사샤드는 주먹이 찌르르 아파오자 저도 모르게 신음을 흘렸던 것이다.

사샤드는 여전히 정신을 차리지 못하는 레이나를 노려보며 입을 열었다.

"그 년을 매우 쳐라. 혼쭐을 내서 더 이상 저항할 생각조차 못하도록."

그에 레이나는 간신히 정신을 차리고 사샤드를 올려보았다.

혹시라도 목소리를 낼까 기사들이 달라붙어 입을 틀어막은 탓에 레이나는 목소리를 낼 수 없었다.

그러지 말라고 사샤드를 바라보며 눈물을 글썽였지만 사샤드에게 레이나를 용서할 생각은 없었다.

단지 급히 식었던 욕망이 눈물을 글썽이는 레이나의 얼굴을 보고 다시 달아오를 뿐이었다.

"알겠지만 소란은 일으키지 마라. 그리고 얼굴은 더 이상 다치게 하지 마. 얼굴이 너무 망가져도 그 년을 품을 때 흥이 식으니까 말이지."

기사들은 조용히 대답하며 고개를 끄덕였다.

이것은 결코 기사의 일이 아니었다. 그러나 사샤드는 평소에도 거리의 여인들을 납치해와 강제로 간음하고는 내쫓는 일을 반복해왔다. 그 와중에 기사의 역할은 그 여인들이 저항하지 못하도록 막는 것과 능욕당한 여인의 남편이나 가족의 불만을 억누르는 것으로 바뀌어 있었다.

이제는 익숙해져 버린 것이다. 결백한 여인을 폭력으로 다스리는 일이 말이다.

기사들은 이런 일이 있을 것을 짐작하기라도 했다는 듯 칼집 옆에 매달고 온 몽둥이를 뽑아 들었다. 길지도 짧지도, 굵지도 얇지도 않아 상대를 죽이지 않고 고통을 안겨주기에 적당한 방망이였다.

기사들은 차갑게 식은 눈으로 레이나를 바라보았다.

얼굴과 가슴, 둔부는 피해서 때려야 했다. 그것은 경험에서 나온 판단이었다. 사샤드는 매질로 우둘투

둘해진 가슴이나 둔부를 싫어했으니까.

적당히 매질의 표적을 정한 기사들은 몽둥이를 치켜들었다.

레이나는 고통을 예상하며 두 눈을 질끈 감았다.

그 순간이었다. 어둠 속에서 목소리가 흘러나온 것은.

"그쯤하시지. 그 여자는 공주님의 시녀다. 그 이상 다치게 하는 것은 용서할 수 없다."

기사들의 행동이 멎고 사샤드는 화들짝 놀랐다.

"누구냐!"

어둠 속에서 시우가 모습을 드러냈다.

질끈 감은 눈을 뜨고 시우의 모습을 확인한 레이나의 두 눈에서 뜨거운 눈물이 흘러내렸다.

'체슈!'

가능하다면 그 이름을 부르고 싶었다.

비록 기사들이 입을 틀어막고 있어 그럴 수는 없었지만 레이나는 그만큼 그의 등장이 반가웠다.

반면 그가 어째서 자신을 도와주려고 하는 건지 의아한 마음도 있었다. 사샤드에게 반항하는 것으로 입을 피해도 걱정이 되었다.

"너는 분명 임펠스의 근위기사?"

사샤드는 시우의 정체를 확인하고 코웃음을 쳤다.

"분명 이야기로 듣기로는 너희들은 전부 평민 출신

의 근위기사라지? 그래서? 용서할 수 없다면 도대체 어쩌겠다는 소리지? 설마하니 네까짓 망국의 기사 따위가 대 페르시온 제국의 변경령주인 나를 위협하겠다는 것이냐? 그것도 토발츠 영내에서?"

사샤드는 여유를 되찾았다.

만약 상대가 성녀 카렌이나 왕녀 아리에타와 함께였다면 이렇게까지 큰 소리는 치지 못했을 것이다. 그러나 상대는 고작 근위기사, 준귀족이었다.

그것도 전쟁에 패해 지도에서도 사라진 존재하지 않는 국가의.

대제국의, 랑작위라고는 해도 호작위와 동등한 권력을 가진 변경령주 사샤드가 염려할 만한 상대는 아니었다.

시우가 무력을 행사할 가능성도 없지는 않았지만 애초에 사샤드는 호위로 여섯이나 되는 기사를 데리고 왔다. 모두 교단에서 설립한 검술 심화 교육당을 높은 성적으로 졸업한 인재들이었다.

시우의 실력이 어느 정도인지는 모르나 상식적으로 혼자서 여섯이나 되는 기사를 상대할 수는 없는 법이었다. 그러한 사샤드의 판단은 아직 한참이나 어려보이는 시우의 외모도 한 몫을 하고 있었다.

무엇보다 이곳은 토발츠 영내였다.

사샤드가 호위로 끌고 온 여섯의 기사를 전부 쓰러 트린다 한들 이곳에서 무사하게 도망갈 수는 없었다.

일반적으로 하나의 영지에는 기사 스무 명으로 이루어진 하나의 기사단이 존재한다. 그러나 토발츠 변경령은 무려 200명에 해당하는 기사들이 존재했다.

그 뿐이 아니었다.

기사와 마찬가지로 마법 심화 교육당을 졸업한 마법사만 100명이 넘도록 주둔하고 있는 곳이 바로 토발츠 변경령의 영주성이었다.

제정신을 가진 자라면 그런 곳에서 영주를 적대할 수는 없는 법이었다.

"위협이 아니다. 그녀는 공주님의 시녀. 그리고 나는 근위기사다. 내가 공주님의 안전을 책임지고 있는 이상 공주님을 보필하는 시녀를 지키는 것 또한 나의 임무다."

사샤드는 다시 한 걸음 다가오며 입을 여는 시우의 모습에 인상을 찌푸렸다.

"네 임무가 무엇이든 관심 없다. 이 년은 토발츠 변경령을 통치하는 나 칸드라 사샤드에게 상처를 입혔다. 보통 평민이 그런 짓을 저지르면 목이 달아나도 마땅한 것을 단순한 체벌로서 용서하겠다는 것이다. 나의 넓은 아량을 네놈은 이해하지 못한단 말이냐?"

시우는 손을 뗀 사샤드의 코에서 흘러나오는 코피를 확인하고는 코웃음을 쳤다.

"흥. 그런 문제라면 공주님을 불러오겠다. 시시비비는 그 뒤에 따져 그녀에게 잘못이 있다면 적합한 처벌을 내리도록 하겠다."

아리에타 왕녀를 불러오겠다는 시우의 태도에 사샤드는 시우가 코웃음을 쳤다는 사실도 잊었다.

지금 이 상황에서 왕녀가 나오는 것은 좋지 않았다.

물론 시녀의 증언과 변경령주의 증언이 다르면 우선시 되는 것은 변경령주의 증언이다. 즉, 아무리 시녀가 사실을 말한다한들 사샤드는 그와 상관없이 시녀에게 원죄를 씌울 수 있었다.

문제는 시녀의 처벌이 아니었다.

왕녀가 나타난다면 더 이상 레이나를 품는 것은 포기해야 된다는 점이 문제였다.

사샤드는 한숨을 푹 내쉬었다.

"네놈은 지금 전혀 상황판단이 안 되는 모양이군. 토발츠 변경령의 영주성에서 저 시녀는 영주를 해하려 했다. 그리고 너는 그런 여자를 두둔하고 있지. 내 명령 한마디면 이 시녀와 네놈의 목숨을 끊는 것은 아무것도 아니다! 네놈 혼자서 여기 있는 정예 기사 여섯을 상대로 무사할 수 있을 거라고 생각하느냐?"

사샤드가 손을 들자 레이나를 붙잡고 있는 기사를 제외한 나머지 다섯 명의 기사들이 검을 뽑아들었다.

시우가 다가오던 걸음을 멈추자 사샤드는 이를 드러내며 웃었다.

이제 손을 휘둘러 내리면 기사들은 시우를 죽일 것이다.

저 근위기사가 죽는 꼴을 보면 시녀도 더 이상의 저항을 체념하겠지.

그런 생각으로 곧 품에 안겨 신음을 흘릴 레이나의 모습을 상상하며 사샤드는 손을 휘둘렀다.

그리고 그 순간 시우가 사라졌다.

"엇!"

기사들이 탄성을 내뱉었다.

그런 그들의 사이로 미광이 흐르며 거센 바람이 몰아쳤다.

아우라를 끌어올려 전력으로 돌진한 시우의 잔상이었다.

기사들이 시우를 발견한 것은 잠시 후 뿜어져 나온 밝은 빛 덕분이었다.

원력을 끌어올린 시우의 전신은 밝게 빛나고 있었다.

기사들은 어느새 쓰러진 동료 기사 한 명과 시우의 품에 안겨있는 레이나를 보면서 신음을 흘렸다.

움직임이 전혀 보이지 않았다.

이 한 수로 기사들과 시우의 역량은 확실해진 것이
다.

기사들은 시우의 상대가 될 수 없었다.

사샤드는 등골을 타고 흐르는 전율을 느끼며 부르
르 몸을 떨었다.

사샤드도 익시더들의 대련은 익히 보아봤지만 이러
한 움직임을 보여준 기사는 지금까지 한 명도 없었다.
만약 시우의 목적이 레이나를 구하는 것이 아니라 사
샤드를 죽이는 것이었다면 사샤드의 목은 이미 바닥
에 떨어졌을 것이다.

Respawn

NEO FUSION FANTASY STORY & ADVENTURE

37장.

약육강식

리스폰

"기, 기사들! 뭘 멍하니 있어! 녀석을 붙잡아! 아니, 죽여 버려!"

기사들은 검을 추켜세우며 시우에게 겨누었지만 이미 사기는 죽은 지 오래였다.

"나는 당신들과 적대할 생각이 없다. 더 이상 이 여자를 추궁하거나 해치려하지 않는다면 나도 검을 거두겠다."

시우의 제안은 기사들에게 한줄기 희망이었다. 그러나 사샤드에게는 모욕적인 언사였다.

변경령을 통치하는 칸드라 가문에서 태어나 이런 대우는 평생 받아본 일이 없었다. 그러나 사샤드도 이미 알고 있었다. 그는 검의 재능이 없어 검술에는 조예가 없었지만 수많은 기사를 거느리는 권력자였다.

시우의 역량이 정예랍시고 끌고 온 여섯 기사들을 월등히 앞선다는 사실을 모르지는 않았다.

이런 망신을 당하다니, 화가 난다. 하지만 그와 동시에 사샤드의 감정을 가장 크게 지배하는 것은 공포였다.

시우에겐 능력이 있었다. 호위로 붙은 정예 기사 여섯을 상대로도 아랑곳 않고 사샤드의 목숨을 끊을 수 있을 정도의 능력이.

사샤드는 이를 뿌득뿌득 갈고는 어렵게 결단을 내렸다.

"빌어먹을 망국의 기사 따위가! 나를 뭘로 보고!"

허억! 허억!

고함을 지르고 거친 숨을 고르는 사샤드는 잔뜩 열이 올라 있었지만 그의 손짓은 기사들의 행동을 저지하고 있었다.

사샤드는 시우를 잔뜩 노려보고는 더 이상 얼굴도 보기 싫다는 듯이 등을 돌렸다.

"오늘은 이만 돌아간다. 하지만 네 행동에 대한 대가가 없을 것이라는 꿈은 꾸지 않는 것이 좋을 것이다."

사샤드는 뒷짐을 지고 걸음을 옮기기 시작했다.

시우는 아직도 주저앉아 가늘게 떨고 있는 레이나를 곁에 두고 긴 복도 끝에서 코너를 돌아 사라지는 사샤드와 기사들을 지켜보았다.

"갔어."

시우의 한마디에 레이나의 어깨가 움찔하고 떨렸다.

아직도 당시의 흥분이, 두려움이 가시질 않는 모양이었다.

레이나는 억지로 떨림을 멈추려고 스스로의 팔을 감싸 안았다. 그러나 그것은 아무런 소용이 없었다. 오히려 떨림만 가중될 뿐이었다.

시우는 그런 레이나의 모습을 무감정한 눈빛으로 내려다보았다.

잠깐의 시간이 흐르고 평정을 되찾은 레이나의 떨림이 잦아들기 시작했다.

여전히 그녀의 눈빛은 초점이 돌아오지 않고 있었다. 아마 당시의 기억을 잊기 위해 생각하는 것을 그만둔 것일 테지.

"일단은 들어가지."

시우의 목소리에 레이나의 시선이 시우를 향하고 잠시 후, 끄덕하고 작게 고개를 위아래로 움직였다.

"아."

레이나는 일어나려다 말고 멈칫하며 다시 몸을 떨기 시작했다.

그러나 딱히 두렵다거나하는 감정적인 것이 원인은 아닌 모양이었다.

"…잠시 손 좀 잡아줘."

레이나는 고민한 끝에 부탁했다.

"왜?"

"다리가 풀렸어."

아니나 다를까 자리에서 일어나려는 그녀의 다리가 바들바들 떨리고 있었다. 그것을 확인한 시우는 고개를 절레절레 젓고는 어쩔 수 없다는 듯이 손을 내밀었다.

레이나는 그런 시우의 손길을 말없이 쳐다보다가 붙잡았다. 그런 레이나의 양 뺨은 어째선지 붉게 상기된 듯 보이기도 했다.

시우의 손을 붙잡고 간신히 자리에서 일어난 레이나는 시우의 안내에 따라 다시 혼자만의 귀빈실로 들어갔다.

레이나가 침대 위에 올라가는 것까지 도운 시우는 그녀를 두고 아리에타가 자고 있을 귀빈실로 돌아가려고 했다. 그에 레이나가 화들짝 놀라 시우의 옷깃을 붙잡았다.

"뭐, 뭐야. 돌아가려고?"

"이제 됐잖아."

시우가 고개만 돌려 대답하자 레이나는 고개를 떨어트렸다.

그러나 붙잡은 시우의 옷깃은 놓지 않았다.

시우도 레이나의 손길을 강제로 거부하지는 않았다.

침묵이 흐르고 먼저 입을 연 것은 레이나였다.

"…나랑 같이 있어줘."

"어째서?"

"어째서라니! 또 올지도 모르잖아!"

"아니, 그렇게 물러간 이상 다시 오지는 않겠지. 애초에 도움 따위 필요 없다고 말한 게 누군데."

시우의 말에 레이나는 말문이 막혀 할 말이 없었다.

다시 한참의 침묵이 흘렀다.

그 동안 레이나는 혹시라도 놓칠까 두려운 듯 손에 힘을 주어 시우의 옷깃을 붙잡고 있었다. 그리고 옷깃을 잡은 손에 힘이 빠지고 레이나는 입을 열었다.

"…오기였어. 약한 모습을 보이고 싶지 않았어. 그래서 거짓말을 한 거야."

"그래서?"

레이나가 하고자 하는 말은 명백했지만 시우는 마치 그녀를 괴롭히듯 다음에 올 말을 재촉했다.

그러나 가벼운 목소리와는 다르게 레이나가 올려다본 시우의 눈빛은 차분하게 가라앉아 있었다.

레이나는 잠시 놀라 저도 모르게 옷깃을 놓쳤다. 그리고 거리를 두고 물러서는 시우의 모습에 어렵사리 입을 열었다.

"미, 미안했어. 네 도움이 필요해. 오늘 밤은 나와 함께 있어줘."

시우는 레이나의 입에서 원하는 대답을 들었으면서 어딘지 불만스러운 한숨을 내쉬었다.

"처음부터 이렇게 솔직했으면 좋았잖아."

시우는 투덜거렸지만 그런 말투와는 다르게 레이나의 침대 측면에 등을 붙이고 바닥에 앉았다.

"여기는 내가 지킬 테니까 한숨 자둬."

시우의 그 한마디에 레이나는 안심을 되찾았다.

그리고 지금까지와는 다른 느낌으로 심장박동이 널을 뛰기 시작했다.

그러나 두근거리는 것도 잠깐, 붉어진 얼굴을 감추듯 이불을 끌어올려 눈만 내놓은 레이나는 뒤늦게 걱정이 되었다.

"분명 사샤드는 이번 일을 용서하지 않을 거야."

"그렇겠지."

"나를 구한 것은 멍청한 짓이었어. 페르시온 제국과 호의적인 관계를 바란다면 권력가인 변경령주와의 불화 같은 것은 만들지 말았어야지."

"그럴지도 모르지."

시우의 대답은 언제나 시큰둥했다.

어쩌면 속으로는 후회하고 있을지도 모른다.

그러나 레이나는 이 말만은 해두고 싶었다.

"하지만 고마워."

"그래."

귀까지 빨개진 레이나는 머리끝까지 이불을 뒤집어 썼다.

✤

이튿날 이른 아침, 카렌과 아리에타는 토발츠령을 떠나기 위한 준비로 바빴다.

원래 귀족 간의 매너를 생각하면 아침 식사라도 하면서 천천히 작별 인사를 한 후 떠나는 것이 예의였지만 카렌은 사샤드를 상대로 그런 예의까지 차리고 싶은 생각이 없었다.

오로지 카렌의 머릿속에 있는 것은 한시라도 빨리 토발츠 변경령을 떠나는 것이었다.

원래라면 정치를 위해서라도 그러한 카렌의 무례를 말려야 할 수하들도 이번만큼은 카렌의 생각에 동의하는 듯 출발 준비를 서두르라는 명령에 한마디 이견도 나오지 않았다.

그렇게 준비를 마치고 영주성을 나선 카렌 일행이었지만 결과적으로 그들은 토발츠 변경령을 벗어나지 못했다.

서두른 덕분에 영주성을 벗어날 수는 있었지만 사샤드가 외성벽에 연락을 넣었는지 성문은 굳게 닫혀 열리지 않았던 것이다.

성문을 지키고 선 경비병들은 황제도 함부로 할 수 없는 신분인 성녀와 한명 한명이 호작위에 비견되는 위치에 있는 대주교급 성직자들의 안면에 당황했다.

"우리는 갈 길이 바쁘니 당장 성문을 여시오."

"하, 하오나 저희는 영주님의 명령을 받은지라……."

경비병은 식은땀을 흘렸다.

"명령? 무슨 명령?"

대주교라는 신분을 증명하는 배지를 단 성직자 중 한 명이 물었다.

경비병은 잠시 머뭇거렸으나 상대의 직위도 직위였

고 떨어진 명령을 비밀로 하라는 말도 없었기에 사실대로 밝혔다.

"지금 이 시간부로 칸드라 사샤드 영주님이 허락할 때까지 단 한 명도 토발츠 변경령에서 내보내지 말라는 명령입니다."

경비병의 대답을 들은 성직자는 인상을 잔뜩 찌푸렸다.

제국의 변경령주가 강력한 군사력과 권력을 가진 것은 이해한다. 그의 영지 내에서라면 한 국가의 왕과도 같은 힘을 가진 것도 이해한다.

그러나 성녀는 신의 대리인이었다. 신의 뜻을 대행하는 선택받은 자였다.

그런 성녀가 걸음을 옮기겠다는데 그것을 정면에서 방해하는 듯한 행동을 취하다니 신앙심이 독실한 신관으로서는 참을 수가 없었다.

애초에 칸드라 사샤드의 권력이 강하다 하여도 따지고 보면 호작위와 동등한 권력을 가진 대주교와 비교하면 사샤드의 직분이 더욱 낮았다.

차이점이 있다면 이곳은 사샤드의 영지이며 사샤드의 영지는 변경령이기 때문에 군사력이 강하다는 정도였는데, 따지고 보면 하나의 거대한 교구를 다스리는 대주교의 군사력도 그에 뒤지지 않는 힘을 가지고 있었다.

당장에 끌고 온 호위가 추리고 추린 수호성기사밖에 없다고 하나 그들이 다스리는 교구에는 헤아릴 수 없이 많은 신관과 성기사들이 대기하고 있었다.

그런 대주교가 하나도 아니고 십 수 명이나 있는데 변경령주라는 놈이 스스로의 주제도 모르고 성녀의 앞길을 막았다는 사실은 분노를 느끼기에 충분한 것이었다.

"지금 사샤드 영주님께서 이곳으로 직접 오시고 계신답니다. 부디 괜찮다면 성녀님 일행분들은 이 자리에서 움직이지 마시고 기다려 주시길 바란다고 하셨습니다만……."

경비병은 어렵게 말을 꺼냈다.

그에 휘하 성직자들이 언성을 높이려 했지만 그보다 먼저 성녀는 알았다고 대답을 했다.

레이나는 경비병의 말을 듣고 얼굴이 파랗게 질렸다.

어젯밤 일을 생각하면 앞으로 무슨 일이 일어날지 충분히 짐작할 수 있었기 때문이었다.

그리고 그 예측대로 성녀 일행 앞에 나타난 사샤드는 수많은 기사, 마법사, 병사들을 이끌고 나타났다.

압도적으로 많은 숫자였다.

성녀를 지키기 위해 선발된 수호성기사 오십과 대주교급 성직자 십 수 명은 결코 약한 전력이 아니었지만 숫자의 크기가 달라도 너무 달랐다.

마치 성녀 일행을 위협하듯 포위망을 짜는 그들의 모습에 카렌의 표정이 심각해졌다.

"이게 도대체 뭐하는 짓이죠? 사샤드 경!"

"성녀님, 뒤로 물러나 주시기 바랍니다!"

성녀가 흥분해 앞으로 걸어나가자 대주교급 성기사 한 명이 앞으로 나서고 그녀를 호위하고 서서 검을 뽑아들었다.

그 모습에 사샤드의 곁에 서 있던 기사 몇도 검을 뽑아들고 분위기는 일촉즉발의 사태가 되어갔다.

그 상황에서 먼저 검을 거둔 것은 사샤드측 기사단이었다.

사샤드가 손을 들어 제지하는 수신호를 보내자 검을 뽑아든 기사들이 물러났다.

그러나 그들이 검을 거둔들 검을 뽑아든 성기사는 검을 칼집에 꽂지도 긴장을 늦추지도 않았다.

"걱정하지 마십시오. 저는 성녀님을 해코지할 마음이 없습니다."

"그럼 대답하시오. 도대체 이게 무슨 지랄이란 말이오!"

성기사의 외침에 사샤드의 눈썹이 꿈틀 흔들리며 불편한 심기를 드러냈다.

"말조심하시오!"

사샤드는 두어 번 심호흡을 통해 분노를 자제하고 는 다시 입을 열었다.

"해명하자면 지난 밤, 저를 해하려한 시녀와 그 여 자를 두둔한 기사에게 죄를 물으려 했을 뿐입니다. 이 것이 보이십니까?"

사샤드의 콧잔등에는 커다란 거즈가 고정되어 있었 다.

분명 영주성에는 비상시를 대비해 사샤드의 상처를 고칠 수 있는 치료사 및 사제가 있을 것이다. 사샤드 쯤 되는 귀족이라면 단순 코피에 포션을 사용할 수도 있겠지만 사샤드는 그것을 증거랍시고 굳이 치료하지 않고 내버려 둔 것이었다.

"이것이 바로 왕녀님의 시녀가 저를 공격해 입힌 상 처입니다."

그에 카렌과 아리에타의 시선이 레이나에게로 향했 다.

저 말이 사실이냐고 물어보는 시선들에 레이나는 입술을 질끈 깨물고 고개를 끄덕였다.

그에 그녀를 바라보던 카렌과 아리에타, 그리고 수많 은 동행들은 상황이 어렵게 돌아가고 있음을 깨달았다.

사샤드의 말이 사실이라면 평민으로 알려진 레이나

의 목숨은 사샤드의 것이기 때문이었다.

"그럼 그녀의 편을 들었다는 근위기사는?"

누군가 묻는 말에 아리에타는 직감적으로 시우를 돌아보았다.

그리고 당당하게 고개를 끄덕이는 시우의 모습에 아리에타는 두통을 느꼈다.

지난 밤, 무슨 일이 있었던 것인지는 모르겠지만 일이 제대로 꼬여가고 있었다.

만약 이들이 단순한 시녀와 근위기사였다면 시녀는 목숨을 잃고, 근위기사는 적절한 벌을 받고 근위기사의 직분에서 직위해체 처리를 받는 것으로 일처리가 끝났을 것이다.

그러나 여기서 말하는 시녀와 근위기사는 결코 평범한 자들이 아니었다.

시녀는 무역도시 크란데를 통치하는 큐란 가의 하나뿐인 영애였고, 근위기사는 정말 인간이 맞는지 의심스러울 정도의 무위를 갖춘 능력자였다.

레이나가 자신의 신분을 밝히면 사형에선 벗어날 수 있겠지만 레이나가 페르시온 제국과의 접촉을 꾀한다는 배신행위가 알덴브룩 제국 측에 알려지는 순간 무역도시 크란데는 알덴브룩군의 공격에 의해 지도에서 사라지게 될 것이다.

도대체 어떻게 사샤드를 설득할까 고민하는 사이 사샤드가 요구했다.

"시녀와 근위기사만 내어준다면 성문은 열릴 것입니다. 그 후 여러분들은 제 갈 길을 가면 된다는 말씀입니다."

사샤드의 요구는 이 세계의 기준으로 보면 아주 당연한 것이었다.

그러나 레이나의 정체를 아는 아리에타나 시우를 손님으로 초대 중인 카렌은 순간 생각을 정리하느라 대답을 꺼낼 수가 없었다.

그 순간 입을 연 것은 카렌도, 아리에타도 아니었다.

입을 연 것은 시우였다.

"도대체 그게 무슨 논리지? 너는 레이나가 너를 해쳤다고 하지만 그때의 상황을 헤아려본다면 충분히 정상참작 할 수 있는 사태가 아니었나?"

"허? 정상참작? 어디서 굴러다니는 법서라도 읽어본 모양인데 정상참작이라는 것은 고귀한 피를 타고난 사람들 사이에서나 따질 수 있는 문제다. 힘도 없는 놈이 그런 문구 따위로 귀족에게 거역할 수 있을 거라고 생각하지 말라고."

"힘이 있으면 그 무엇도 용서된다는 말인가? 싫다

는 여인을 강제로 품으려다 얻어맞은 손길에 코피 두어 방울 흘린 죗값으로 상대의 목숨을 취할 수 있다고?"

"그래! 군사력, 권력, 자금력! 이 세상은 힘 있는 자를 위해 굴러간다! 시녀, 근위기사! 네놈들은 힘이 없고 나에게는 힘이 있다. 그 때문에 너희는 목숨을 잃는 것이다!"

시우는 사샤드의 대답에 어처구니가 없었다.

이 순간을 위해 시우는 많은 대응을 생각해뒀다.

아무리 사샤드의 권력이 강하다 하나 성녀에게는 상대가 될 수 없었다. 성녀라는 직분은 베헬라 교단이라는 거대한 힘을 지배하는 정점이었고 그들을 적대하고서 헤카테리아 대륙에서 무사할 수는 없었으니까.

시우가 베헬라 교단의 손님인 이상 웬만해선 성녀의 권력을 빌릴 수 있을 것이라는 계산이 깔려 있었기에 시우는 잠자코 기다리고 있었다.

하지만 사샤드의 논리를 듣는 순간 시우의 머릿속에 있던 무언가의 스위치가 들어갔다.

시우는 뒤를 돌아보았다.

레이나를 볼 생각이었는데 시우의 시야로 들어온 것은 로이와 루리였다.

만약 사샤드가 요구한 것이 레이나가 아니라 루리였다면, 그리고 시우가 그 자리에 함께하지 않았다면 루리가 할 수 있는 것은 아무것도 없었을 것이다.

그런 생각에 울컥 시우의 몸 깊숙한 곳에서부터 어떠한 감정이 솟구쳤다.

"아아, 그러냐."

시우의 몸을 중심으로 강력한 바람이 일었다.

마력이 일어나 시우의 몸이 허공으로 떠오르고 아우라가 전신을 감싸며 밝게 빛을 밝혔다.

"그러면 너보다 강한 힘을 가진 내가 말하지."

시우는 사샤드를 직시하며 입을 열었다.

"헛소리 그만하고 죽어라."

시우는 느긋한 동작으로 리네를 뽑아들었다.

사샤드 휘하의 기사와 마법사들은 그런 시우의 모습에 넋을 잃고 아무런 행동도 할 수가 없었다.

그러나 기사단과 마법사를 등에 지고 최전방에 서 있던 사샤드는 그런 분위기를 파악할 수 없었다.

"힘? 너에게 무슨 힘이 있다는 거지? 설마 네놈 혼자서 이 모든 병력을 상대할 수 있을 거라 생각하는 것이냐?"

사샤드는 코웃음을 쳤다.

시우가 가진 힘의 단편은 사샤드도 보았다.

전신에서 일어난 마력으로 몸이 떠오르고 밝은 빛이 터져 나오는 모습은 보기에는 그럴싸했다.

그러나 사샤드는 시우를 비웃었다.

마력과 아우라를 동시에 쌓은 마검사는 흔치 않은 인재임에 틀림없지만 시우가 보여준 모습은 정식으로 마법을 배우지 못한 수습 마법사도 부릴 수 있는 저급 재주에 불과했기 때문이었다.

땅에서 떠오르고 빛을 내는 마법은 마력의 네 가지 속성 중에 척력과 빛을 사용하면 간단히 연출할 수 있었으니까.

시우의 전신에서 뿜어져 나오는 빛의 광량이 너무 크고 밝기 때문에 생긴 오해였다. 설마하니 그 빛이 전부 원력일 것이라고는 상식적으로 생각하기 힘들었으니까.

사샤드는 뒤도 돌아보지 않고 명령했다.

"저 어릿광대에게 주제를 알려주도록."

그러나 사샤드의 명령에도 움직이는 병력은 아무도 없었다.

잠깐의 침묵이 흐르고 그제야 분위기가 이상하다는 것을 깨달은 사샤드가 뒤를 돌아보았다.

모두 경악과 공포로 넋을 잃은 모습이었다.

어째서?

사샤드가 고용한 기사와 마법사들은 하나같이 우수한 자들이었다. 저따위 재주에 놀랄만한 인재들이 아니었다. 이들은 도대체 무엇을 보고 느꼈기에 정신을 차리지 못한단 말인가?

혹시 저들에게는 사샤드와는 다른 것이 보이는 것일까?

사샤드의 시선이 다시 시우에게 향했다.

그리고 사샤드의 시야로 들어온 것은 밝은, 그리고 거대하게 부푼 빛의 검이었다.

아우라의 검을 든 시우가 검을 휘둘렀다.

"마, 막아!"

"사샤드님을 지켜라!"

갑작스러운 사태에 사샤드가 어리둥절한 표정을 짓는 사이, 주위는 전장으로 바뀌었다.

가장 먼저 기사들이 칼을 뽑아 들며 원력을 끌어올렸다.

시우의 아우라에 아우라로 대항하기 위해서였다.

이 자리에 모인 사샤드 휘하의 기사는 무려 200명이나 되었다. 이 갑작스런 상황에 칼을 뽑아 대처할 수 있었던 실력자는 그들 중 반수로 100명밖에 되지 않았지만 오로지 순수한 아우라의 힘으로 홀로 세 자릿수의 적을 상대한다는 것은 상식적으로 불가능했다.

시우의 최대 원력량은 500. 시우의 최대 출력으로 이 일격에 500포인트의 원력을 담았다하더라도 상대하는 100명의 기사들이 각자 5포인트의 원력으로 대항하면 상쇄할 수 있을 만큼의 힘이었다.

그러나 시우가 그들에게 앞서는 것은 최대 원력량이나 출력뿐이 아니었다.

통제력. 내력을 보다 효율적으로 운용하는 능력에서 시우는 그들을 월등히 앞서고 있었다. 방대한 양의 원력을 압축시켜 보다 강하고 날카롭게 벼려내 시우의 아우라는 기사들의 검을 원력채로 동강냈다. 그 과정에서 시우가 소모한 원력의 양도 결코 적지는 않았지만 100명의 기사가 일사불란하게 반응했음에도 불구하고 시우의 일격을 막아내지 못했다는 것은 충격적인 결과였다.

반면 사샤드 휘하의 마법사들이라고 그 꼴을 지켜보고만 있지는 않았다.

기사들이 빠른 반사신경으로 시우의 검을 막아내고 있는 사이 마법사들은 완드 및 스태프에 설치해놓은 마법을 발동시켜 시우에게 해로운 효과를 발휘하고 있었다.

불을 만들어내 대상을 파괴하는 등의 공격 마법은 과정이 길고 상대가 피해낼 우려가 있었다. 그렇기 때문에 마법사들이 사용한 마법은 상대에게 직접 효과를 발휘하는 종류의 마법들이었다.

이를테면 상대를 잠재우는 수면 마법, 근육을 강제로 이완시키는 근력 저하 마법, 폐와 횡격막의 근육을 수축시키는 호흡 방해 마법, 정신 집중을 방해하는 혼란 마법 등이 있었다.

이 짧은 순간 시우에게 시전된 디버프 마법은 보통이라면 전쟁에서도 만 명 이상의 병사들에게 효력을 발휘하고 상대를 죽음에 이르게 할 수 있을 만큼의 위력을 품고 있었다.

그러나 시우는 아무렇지도 않았다.

"왜, 왜 효력이 나타나지 않는 거냐!"

"설마! 우리들의 마법을 전부 '저항' 했다는 건가!"

"말도 안 돼! 주문 없이 발동되는 설치 마법이라고는 해도 무려 300명의 마법사들이 동시에 발동했다고?!"

마법사들이 놀라 허둥대는 사이 시우의 검을 정면에서 맞선 100명의 기사들이 쓰러졌다.

그들의 목적인 사샤드의 호위는 달성할 수 있었으나 수십의 기사들이 전투불능사태에 빠진 것이다.

그들 중에서는 팔이 잘려나가 더 이상 검을 들 수 없는 자도 있었다.

시우는 조금 짧아진 빛의 검을 다시 추켜들었다.

기사들과 마법사들의 얼굴이 파랗게 질렸다.

좀 전의 일격으로 마법사들은 비장의 수단으로 완드와 스태프에 설치해뒀던 마법을 모두 소비해 버렸고 기사는 삼분의 일 이상이 전투불능에 빠져버렸다.

그런 일격을 다시 한 번 막아야 한다고 생각하니 사기가 꺾여 도무지 저항할 의욕이 생기지 않았던 것이다.

시우의 두 번째 검격에 좀 전과 비슷한 상황이 반복되어 다시 수십의 기사가 전투불능에 빠졌다. 마법사들은 다시 한 번 시우에게 디버프를 걸었지만 아무런 효력도 볼 수가 없었기 때문에 이제야 공격을 위한 주문을 외우기 시작했다.

작렬하는 불꽃, 화살과 같이 날아드는 얼음송곳, 지면에서 솟아나는 토지의 창, 보이지 않는 바람의 칼날 등이 시우의 전신을 찢어발기기 위해 쏟아졌다.

시우는 그것을 바라보며 어딘가 낯익다는 생각을 했다.

"그러고 보니 그런 일도 있었지. 하늘의 탑을 지키는 수호자를 쓰러트리기 위해 마법의 폭격을 쏟아 부은 적이……."

그때와는 다르게 지금은 시우가 공격을 받는 입장이었지만 시우는 여유로웠다.

대부분의 마법은 마력으로 상쇄하여 마법이 발동되는 것을 막고 혹여나 발동된 마법은 마력의 효력 중 하나인 척력으로 튕겨 내거나 소리의 속성을 이용한 파괴 마법으로 없애버렸다.

세 번째 검격을 휘두르자 아무리 시우라도 원력이 고갈되어 가는 것을 느꼈다.

이제는 전투를 진행하면서 리젠을 유지하는 것으로 생명력과 마력, 원력을 동시에 회복할 수 있었지만 원력은 10초에 1포인트밖에 회복되지 않는다.

500포인트의 원력이 모두 회복되기까지는 1시간 20분이 넘는 시간이 소요된다.

시우는 과감하게 남은 원력을 체내에 갈무리하며 사샤드에게 걸어갔다.

그 와중에도 마법은 계속해서 쏟아졌지만 시우의 행동을 방해할 만한 위력을 가진 마법은 무엇 하나 없었다.

"이, 인간이 아니야!"

"설마 드래곤인가!"

"아니, 이건 드래곤이라도……!"

마법사들 사이에서 소란이 일어나고 쓰러지거나

주저앉은 기사들은 다시 일어나기 위해 발버둥을 쳤다.

"사샤드님! 이 자리를 피하십시오! 저것은, 저것은 인간이 아닙니다!"

쓰러져 피를 흘리던 기사의 외침에 사샤드는 간신히 정신을 차렸다.

"너, 너는 도대체 누구냐? 도대체 나에게 왜 이러는 거야!"

사샤드의 질문에 시우의 걸음이 우뚝 멈췄다.

"너 지금 그걸 질문이라고 하는 거냐?"

"그래! 내가 도대체 뭘 잘못했다고!"

시우는 허탈하게 웃었다.

웃음밖에는 나오지 않았다.

사샤드가 뭘 잘못했냐는 질문에 떠오르는 대답은 헤아릴 수 없이 많았지만 지금 시우는 놈에게 잘잘못을 따지기 위해 이런 행동을 하는 것이 아니었다.

단순히 화풀이였다.

시우에겐 힘이 있다.

그 힘이라는 것은 그야말로 하나의 국가가 가진 군사력에 정면으로 대항할 수 있을 만큼 거대한 것이었다.

그러나 시우는 그 힘을 적에게 대항하기 위한 수단

으로밖에는 사용하지 않았다. 상대를 힘으로 억압하고 마음대로 행동하는 것은 윤리적으로 잘못된 행동이니까.

그런데 놈은 당연하다는 듯이 말한다.

약자는 강자에게 먹히는 것이라고.

강자에게는 그것이 허락되어 있다고.

어쩌면 그럴 지도 모른다.

약육강식이야말로 불변의 법칙인 곳도 있겠지.

그러나 시우는 불합리하다고 생각했다.

그건 강자만이 주장할 수 있는 강자만의 법칙이니까.

그리고 이런 생각도 들었다.

'네가 주장한 법칙이니 약자인 네놈이 죽어도 불만은 없겠지.'

시우는 입을 열었다.

"내가 누구냐고? 나는 너의 적이다. 그리고 너보다 강한 힘을 가지고 있지."

시우의 대답에 사샤드의 얼굴이 파랗게 질렸다.

그리고 등을 돌려 도망가려고 했다.

그러나 시우가 손을 뻗어 주문을 외자 사샤드는 그 자리에 쓰러지고 말았다.

근력 저하 마법으로 심장, 횡격막 등의 주요 기관을

제외한 관절의 근육을 강제로 이완시켜 행동을 봉쇄한 것이었다.

놈은 바닥에 코를 박고 다시 코피가 터졌는지 피를 줄줄 흘리며 외쳤다.

"용서해줘! 다신 안 그럴게! 시녀의 죄도 용서하고 불문에 붙일 테니까!"

사샤드는 절박하게 외쳤지만 다시 움직이기 시작한 시우의 걸음은 멈추지 않았다.

"그래! 돈이다! 돈을 주면 되는 거지? 얼마지? 얼마면 되는 거야!"

"힘으로 안 되니 이제는 돈인가. 그렇다면 백만금 정도는 준비하는 것이 좋을 거야."

"백만금?! 그런 거금이 이런 변방 영지에 있을 리가 없잖아!"

시우는 피식 웃음을 터트렸다.

고작 이것밖에 되지 않는 놈이다.

시우의 아이템창에는 현금으로 20만 파운드와 250만 파운드가 넘어가는 가치의 최상급 마석이 쌓여있었다.

시우의 자금력에도 못 미치는 귀족 나부랭이가 스스로의 권력에 취해 아직도 제정신을 못 차리고 있었다.

"이 상황이 되고서도 단 한마디, 죄송합니다가 나오질 않다니."

시우가 사샤드의 지척으로 다가가자 계속해서 쏟아지던 마법이 뚝 끊겼다.

마법사들의 마력도 간당간당한 상태였고 혹시라도 시우를 향해 쏜 마법이 사샤드에게 맞을 수도 있다고 판단하여 그만둔 것이었다.

시우는 사샤드에게 걸린 근력 저하 마법을 풀어주고 멱살을 붙잡아 높이 추켜들었다.

사샤드는 살덩이가 덕지덕지 붙어 제법 체중이 나갔지만 시우의 근력에는 솜인형과 같이 가벼웠다.

스스로의 체중에 목이 죄여 사샤드는 버둥거리기 시작했다.

시우를 발로 차고 손을 휘둘러왔지만 시우의 전신을 둘러싼 마력에 의해 실제로 시우의 몸에는 전혀 닿을 수 없었다.

시우는 주먹을 휘둘렀다.

코피를 줄줄 흘리고 있던 마당에 맞은 일격에 피가 잔뜩 튀었다.

치아 몇 알갱이가 바닥에 흩뿌려지고 입으로 피를 줄줄 흘리며 사샤드의 사고 능력이 정지했다.

간밤에 스스로 레이나를 때려놓고 아파할 정도이니

아마 평생 동안 스스로 맞아본 일은 없었겠지.

시우는 주먹을 휘두른 손을 펴서 이번에는 손등으로 사샤드의 반대쪽 뺨을 때렸다.

쫘악!

얼마나 세게 때렸던지 사샤드의 뺨에서 피가 튀었다. 그리고 초점 잃은 사샤드가 정신을 차렸다.

"아, 아파! 그, 그만 둬!"

눈물과 콧물을 질질 흘리며 애원했다.

"반대 입장이 되어본 소감은 어때? 난 아직 두 대밖에는 때리지 않았는데 말이야. 너는 네가 강제로 품어온 여인의 가족들을 몇날며칠이고 고문해 왔겠지? 그러고도 저항하는 자들은 죽었을지도 모르고 말이야. 어때? 너도 맞아서 죽는 경험을 해볼까?"

사샤드의 눈이 커지며 닭똥 같은 눈물을 줄줄 흘렸다.

"제, 제발 그것만은!"

"용서해달라고? 그러는 너는 자비를 구하는 평민들에게 어떻게 해왔지? 한 번 알아볼까?"

시우가 마력을 끌어올리자 마법사들이 반응했다.

시우는 마법사들을 노려보았다.

"움직이지 마. 어차피 나는 이놈을 죽일 생각이 없어. 하지만 너희가 내 일을 방해하면 나도 내가 어떻게 될지 모르겠거든? 그러니 잠자코 보고 있는 것이 좋을 거야."

시우의 살기에 마법사들은 끌어올리던 마력을 흩어 버리고, 들어 올리던 마법지팡이를 축 늘어트렸다.

이들이 비록 심화 교육당에서 우수한 성적을 올린 마법사라 하나 실전 경험은 적은 우물 안의 개구리였다. 이런 자들에게 시우의 살기는 그야말로 죽음의 공포와 다를 것이 없었다.

시우는 끌어올린 마력으로 주문을 외워 마법을 걸었다.

"〈사실대로 말해.〉 고문하던 평민들이 자비를 구하면 어떻게 했지?"

그 마법에 사용된 마력은 무려 10만 포인트나 되었다.

지금처럼 정신이 피폐해진 사샤드는 도저히 저항할 수 없는 정신 마법이었다.

"자식을 노예로 팔아넘기는 서류에 서명시키거나 끝까지 저항하는 가족은 죽였습니다."

시우의 눈이 차갑게 가라앉았다.

"헤에? 그렇단 말이지? 하지만 나는 네놈 같은 노예는 필요가 없는걸. 그럼 네가 했던 것처럼 그냥 죽여버릴까? 네가 그랬잖아. 뭐라고 했더라? 약자는 힘이 없으니까 죽는 것이라 그랬던가?"

마법이 해제되어 제정신을 차린 사샤드는 시우의
말을 듣고 바들바들 전신을 떨었다.

"제발 그것만은, 제발!"

시우는 애원하는 사샤드의 얼굴에 주먹을 휘둘렀
다.

몇 번이고 몇 번이고 짓뭉개지고 얼굴이 부어 알아
볼 수 없게 되고서도 반복해서 계속.

정신을 잃자 시우는 의식 회복 마법으로 강제로 깨
웠다. 이 마법은 피시전자의 정신을 피폐하게 만드는
반작용이 있었지만 시우에게 사샤드를 염려할 생각은
없었다.

시우는 얼굴이 엉망으로 망가진 채 눈물을 흘리는
사샤드를 내려다보다가 말없이 회복 마법을 걸어주었
다.

그에 사샤드는 더욱 많은 눈물을 흘리며 바닥을 기
었다.

"감사합니다. 감사합니다!"

그러나 시우가 사샤드의 육체를 회복시킨 것은 그
를 용서했기 때문이 아니었다.

"이대로 때리면 죽잖아. 아직 분이 풀리지도 않았는
데 죽지 말라고."

그리고 시우는 다시 사샤드의 멱살을 붙잡고 주먹을 휘두르기 시작했다.

사방으로 튀는 피, 죽어가는 사샤드의 비명은 도저히 두고 볼 수 있는 것이 아니었다.

그 자리를 함께하는 수많은 기사, 병사, 마법사들은 물론 시우의 동료들, 성녀 일행들도 차마 지켜보지 못하고 시선을 돌려버렸다.

혹시라도 병사나 마법사가 끼어들려고 하면 어김없이 시우의 살기어린 눈빛이 그 주변을 훑었다. 뱀 앞에 놓인 개구리마냥 그 누구도 움직일 수 없었다.

시우의 폭력은 한참 동안 반복되었다.

패고, 의식을 잃으면 마법으로 깨우고, 회복시키고 더 패고.

그것을 반복하다 보니 사샤드는 어느새 '으으으, 어어어.' 하는 소리밖에 내지 못하게 되었다.

고통도 고통이지만 의식 회복 마법이 반복된 탓에 정신이 피폐되다 못해 자아가 붕괴되기 시작했기 때문이었다. 더 이상은 고통을 주어도 그것을 고통이라 생각하지 못하는 단계에 다다른 것이었다.

시우는 더 이상 때려도 의미가 없다는 것을 깨닫고 사샤드를 바닥에 내팽개치고 다시 회복 마법을 걸어주었다.

옷이 피범벅이 되어있지 않았다면 그가 다쳤다는 사실을 알 수 없을 만큼 완벽한 치료였다.

시우는 바닥에 쓰러져 신음을 흘리는 기사들을 죽 훑어보고 포션을 꺼내려다 그만두었다.

저들은 사샤드의 밑에서 그의 명령을 따라 지켜야 할 시민에게 폭력을 휘두른 자들이었다.

사샤드의 명령에 따랐을 뿐일지도 모르지만 어젯밤, 레이나에게 폭력을 휘두르던 기사들은 매우 익숙하게 몽둥이를 꺼내들었었다.

부하고 명령이고 시우의 기준에선 놈들도 사샤드와 똑같은 놈들이었다.

게다가 준귀족인 기사쯤 되면 상등품의 포션 정도는 상비하고 있을 것이다. 이 세계의 포션으로 절단된 상처를 완전히 회복할 수는 없겠지만 죽지는 않을 것이 분명했다.

시우는 아직도 굳게 닫혀있는 성문으로 시선을 돌렸다.

사샤드를 두들겨 패는 동안 원력은 반 정도가 회복된 상태였다.

시우는 가볍게 검을 휘둘렀다.

단지 거기에 담긴 원력의 양은 결코 가볍지 않았다.

콰앙!

성문을 부수고 시우는 뒤를 돌아보았다.

"혹시나 우리가 이곳을 떠나는데 반대할 자가 있나?"

시우의 질문에 돌아오는 대답은 없었다.

굳이 말하자면 이 침묵이야말로 대답이라 할 수 있겠지.

시우는 사샤드 휘하 병력들을 죽 훑어보고는 등을 돌려 성문을 나섰다.

그리고 그제야 일행들도 시우의 뒤를 따르기 시작했다.

그 와중에 카렌은 대주교 배지를 달고 있는 신관에게 귓속말을 건넸고, 대주교는 인사불성이 되어 정신을 못 차리는 사샤드의 곁에 남았다.

총총 걸음으로 시우를 따라잡은 카렌이 나지막이 말했다.

"이 문제에 대한 뒤처리는 저희 베헬라 교단에서 맡겠습니다. 시우님은 걱정하지 마세요."

시우는 한숨을 푹 쉬고 고개를 저었다.

아무리 화가 나 이성을 잃었다지만 페르시온 제국의 권력자를 상대로 너무 심했던 것은 아니었는지 후회가 되었기 때문이었다.

"감사합니다. 그리고 폐를 끼쳐 죄송하게 됐습니다."

"아뇨. 사과하지 말아주세요. 조금 과하신 경향은 있었지만 정황을 보건데 사샤드 경의 잘못은 명백했고, 저도 그분의 행동은 불쾌했는걸요. 오히려 슈님의 행동에 속이 시원할 정도입니다."

시우는 카렌의 말에 조금은 기분이 나아졌다.

"그런 것보다도……"

시우는 뜸을 들이는 카렌의 모습을 돌아보았다.

"슈님께도 능력에 적합한 신분을 마련하는 것이 좋겠네요."

그 말에 아리에타가 고개를 갸웃하자 카렌은 손사래를 치며 당황했다.

"아, 저, 죄송합니다."

카렌의 사죄에 아리에타는 그제야 카렌의 말을 이해하고 쓰게 웃었다.

"아뇨. 신경 쓰지 않습니다. 애초에 슈의 무위에 비하면 그의 신분이 일개 근위기사의 단원이라는 것이 이상했던 것이고 이곳은 이미 대륙 북부인걸요. 임펠스는 남부의 국가고, 또 이미 알덴브룩에게 점령되었고……"

아리에타는 슬픈 표정을 짓다가 서둘러 기운을 차

리고 말을 이었다.

"게다가 슈는 저희와 이해관계에 있지만 진짜 임펠스의 근위기사도 아니었는걸요."

아리에타의 발언에 카렌은 고개를 갸웃거렸다.

뭔가 낌새가 이상하다는 것은 이미 눈치 채고 있었다. 하지만 시우가 임펠스의 근위기사가 아니라면 그의 정체는 도대체 뭐란 말인가?

카렌이 의문을 느끼는 사이 시우는 심각한 표정을 짓고 있었다.

신분의 고하.

지금까지 시우가 신경써보지 못했던 문제였다.

하지만 시우는 이번 사건을 계기로 생각보다 신분의 고하가 중요하다는 사실을 깨달았다.

만약 시우의 신분이 사샤드보다 높았다면?

아마 이런 귀찮고 짜증나는 일은 일어나지 않았겠지.

만약 페르시온 제국과의 협력을 체약하게 된다면 실력을 입증하고 그럴 듯한 신분을 요구하는 것이 좋을까?

시우는 고민하며 마차에 몸을 실었다.

마차는 토발츠 변경령에 올 때보다도 빠른 속도로 영지를 벗어나기 시작했다.

여정은 순탄했다.

몬스터와 마주친 것도 숲 속에서 기웃거리는 코리를 몇 마리 발견했을 뿐, 전투 상황이 벌어지거나 하는 일은 일어나지 않았다.

게다가 시우가 터트린 사건도 있고 그것을 감안한 성기사들도 말들을 격려하며 마차를 몰았고 그러한 강행군의 결과로서 예정보다 빠르게 목적했던 펠릭스령에 도착할 수 있었다.

단지 전과 달라진 것이라고 하면 레이나의 태도 정도일까.

지금까지는 시우를 보아도 못 본 척하거나 업신여기던 레이나는 사샤드 사건 이후 시우를 의존하기 시작했다.

걸핏하면 '슈~ 슈!' 하고 시우를 찾아다니며 잠시라도 시우가 보이지 않으면 불안해하기 일쑤였다.

시우로서는 괜히 시비를 걸던 때보다는 낫다는 생각도 들었지만 귀찮기는 그때나 지금이나 매한가지였다.

시우는 펠릭스 교황성의 분위기를 살펴보다가 수인족의 노예를 발견하고 눈살을 찌푸렸다.

시우가 책에서 읽어보기로 삼대주교의 교황성에서
는 노예 제도가 없다시피 한다는 것을 읽어본 기억이
있었기 때문이었다.

　그에 대해 카렌에게 물어보니 교리의 차이일 뿐이
라는 대답을 들을 수 있었다.

　삼대주교 중 교단의 대표격인 행운의 여신 엘라의
교리는 이타심을 주된 행동 원리로 삼고 있었고 그 외
의 생명과 탄생의 여신 세일라는 모든 생명은 동등하
다는 교리를 내세우고 있었으니 노예 제도가 끼어들
틈새는 없었다.

　반면 죽음의 여신 베헬라는 앞서 언급한 엘라와 세
일라와는 조금 달랐다.

　엘라에 세일라의 교리는 이 세상 모든 사람들이 서
로를 위해 양보하면 자신도 양보 받는 지상천국이 완
성된다는 뜻을 의미한다면 베헬라는 세상에 해로운
존재는 하루빨리 죽이고 스스로가 죽더라도 세상을
위해 이바지한 후 죽어야 세상이 조금이라도 발전할
수 있다는 뜻을 품고 있었다.

　그것을 위해서라면 노예 제도라도 이용할 수 있을
것은 모두 이용해야만 했다.

　물론 같은 삼대주교인 엘라와 세일라의 압박에 의
해 베헬라의 황성, 펠릭스의 노예 제도도 제한적으로

만 운영되고 있었다.

그것은 바로 노예로 쓸 수 있는 것은 오로지 유사인종뿐이며 인간은 노예로 쓸 수 없다는 조건이었다.

신의 은총, 성력은 오로지 인간에게만 주어지는 축복이었으니 그것이 허락되지 않은 유사인종은 노예로 삼아도 상관없다는 논리였다.

어쩐지 주변의 시선이 따가웠다.

주변을 둘러보니 어느새 거리를 걷던 시민들이 시우가 타고 있는 마차를 바라보며 귓속말로 쑥덕이고 있었다.

그리고 그 시선의 중심에는 리나가 있었다.

알테인인 소라, 에리카의 날개는 시우의 마법으로 숨겨주고 있었지만 묘인인 리나의 머리와 둔부에는 고양이의 것을 닮은 귀와 꼬리가 돋아나 있었기 때문에 유사인종이라는 사실이 발각될 수밖에 없었다.

리나를 바라보는 시민들의 눈빛에는 경계와 멸시가 담겨있었다.

시우는 식은땀을 흘리며 주눅이 들어있는 리나의 어깨를 붙들어 아우라를 주입해 기운을 북돋아주었다.

마차는 넓고 긴 대로를 일직선으로 가로지르며 교황성벽에 이르렀다.

시우와 그 일행들은 카렌의 안내를 따라 알현실을 향했다.

마치 신분의 높이를 표현하듯 몇 단계의 계단이 있고 그 중 가장 높은 곳에 마련된 화려한 옥좌가 있었다. 옥좌에는 붉은 달이 수놓아진 화려한 신관복을 입고 왕관을 머리 위에 쓴 노인이 앉아있었다.

그의 손에는 그의 권위를 상징하는 홀이 쥐여져 있었는데 홀의 머리 부분은 성력이 흘러넘치는 거대한 보석이 박혀있었다.

누가 죽음을 섬기는 베헬라 교단의 교황 아니랄까 봐 그 교황의 홀에서는 죽음의 기운이 넘실거리고 있었다.

만약 시우가 그 기운을 막아서지 않았더라면 일행들은 그 기운 앞에 무릎 꿇고 굴복했을 것이다.

카렌이 먼저 치마를 가볍게 움켜쥐며 인사를 했고 그것을 본 시우도 가볍게 목례를 했다. 성녀라면 몰라도 시우가 교황에게 올릴 예의로 그것은 명백한 실례였다. 그러나 교황은 시우의 예의에 신경 쓰지 않았다.

시우는 교황이 섬기는 신, 베헬라가 찾는 인간이었고 무엇보다 교황의 홀이 풍기는 죽음의 기운을 정면에서 저항하는 시우의 정체가 궁금했기 때문이었다.

"반갑습니다. 저는 모자라나마 베헬라 교단을 지휘하는 자로 데아나모르 그레고리라고 합니다. 혹시 당신이 '계시된 자' 입니까?"

교황은 생각보다 공손하게 입을 열었다. 그러나 시우는 그런 교황의 모습이 마음에 들지 않았다.

물론 그의 입장에서 공식적인 자리에서 그의 권능을 상징하는 홀을 손에서 놓을 수는 없었겠지만 다짜고짜 홀의 기운을 개방해 손님을 힘으로 찍어 누르려 한다는 인상을 받았기 때문이었다.

그래놓고 힘이 통하지 않자 공손한 말투를 사용하니 그 태도를 호의적으로 느낄 수가 없었기 때문이었다.

그 탓에 시우의 입에서 튀어나온 말투도 어딘가 불만이 깃들어 있었다.

"그렇다면?"

그에 알현실의 좌우에 늘어서 있던 수호 성기사들과 교황의 곁에 보필하고 서있던 신관이 발끈했다.

딱히 앞으로 나서거나 목소리를 높인 것은 아니었지만 그들의 몸에서 풍겨오는 살기나 기운 따위가 시우의 전신을 압박해왔다.

그러나 이미 드래곤도 단신으로 때려잡고 토발츠 변경령의 병력도 무력화 시킨 시우에게 그들의 말없는 경고는 아무렇지도 않았다.

시우는 불쾌감을 드러내며 기운을 개방했다.

마치 교황이 홀을 사용해 그랬듯이 온 몸의 힘을 풀어놓고 반대로 교황과 그 수하들을 압박하기 시작한 것이다.

수호 성기사들은 그에 대항하려 했지만 단 10초도 견디지 못하고 뒷걸음질을 치기 시작했다. 교황과 그 곁에 서있던 신관, 추기경도 크게 다르지 않았다.

시우의 기운에 못 이겨 괴로워하는 표정을 숨기지 못했다.

"그만!"

교황이 홀을 들며 외쳤지만 시우는 멈추지 않았다.

이 세계는 약육강식이다.

마음에 드는 방식은 아니지만 이 세계의 규칙이 그러한 이상 확실히 힘의 우위가 어느 쪽에 있는지 알려두는 쪽이 대화를 진행하는데 있어서 수월할 것이 분명했다.

Respawn

NEO FUSION FANTASY STORY & ADVENTURE

38장.

진심

Respawn

38강.
진실

리스폰

참다못한 추기경이 외쳤다.

"무, 무례하다! 교황성하의 명령이 들리지 않느냐!"

시우의 시선이 교황의 곁에 서있는 추기경에게로 향했다.

추기경은 늙은 신관이었다. 얼굴에 검버섯이 피기 시작한 그는 그렇지 않아도 주름이 많았는데 그 짧은 사이 시우의 기운에 노출되면서 더욱 폭삭 늙어보였다.

어쩌면 교황보다도 나이가 많은지도 몰랐다. 하지만 나이가 많은 만큼 체내에 품고 있는 성력의 양도 많아 그것을 끌어올리며 시우의 기운에 '저항'하고 있었다.

베헬라 교단에는 9명의 추기경이 있다는 모양이었다. 그러고 보면 이 세계에서 시우에게 가장 처음 패배의 쓴맛을 안겨주었던 수호 성기사단의 단장 숀터 가레인도 아홉 추기경 중 한 명이었다.

"무례? 무례라고 하면 그쪽이 먼저 저지르지 않았나?"

"뭐라고?"

시우의 말에 추기경은 도무지 이해할 수 없다는 어조로 언성을 높였다.

"나는 너희 베헬라 교단이 계시를 받았다는 이유로 영문도 모르고 초대를 받았다. 처음에는 강제로 끌려가는 형태였지만 추후 도망갈 수 있는 상황에서도 나는 흔쾌히 베헬라 교단의 초대에 응했지. 그 결과가 이것인가? 다짜고짜 힘으로 찍어 누르고 굴복시키겠다고? 그게 무례가 아니면 도대체 뭐지?"

시우는 되도록 논리적으로 이야기하려 노력했지만 추기경을 이해시키는 것에는 실패했다.

추기경은 시우의 말을 듣고도 그가 무슨 말을 하려는 건지 도무지 모르겠다는 눈치였다.

"그래서? 그것이 어째서 무례라는 거지?"

"뭐?"

"그레고리 교황성하는 베헬라 교단의 지배자시다.

혹시나 네가 일국의 국왕이라 하더라도 교황성하께는 경의를 바쳐 예의를 차려야 한다. 본디 예의라는 것은 동등한 신분이거나 보다 낮은 신분을 가진 자가 보다 높은 신분을 가진 자에게 차리는 것. 설마하니 네놈이 교황성하와 동등하다고 생각하는 것은 아니겠지. 그렇다고 한다면 그것만으로 네놈은 실례를 저질렀다 할 수 있다!"

시우가 여전히 개방한 기운으로 주위를 압박하는 동안 잠시간의 침묵이 흘렀다.

할 말을 잃었다.

그래, 이 세계는 이런 세계였지.

한숨이 절로 나왔다.

"그러나 그대의 말에도 일리가 있군요. 그대는 말하자면 베헬라께서 초대한 손님. 어쩌면 나도 그대를 베헬라 신의 손님으로서 우대했어야 했을지도 모르겠군요."

시우는 그렇게 말하는 교황과 잠시 시선을 교환했다.

교황은 시우의 기운에 식은땀을 흘리면서도 얼굴에는 실실 거리는 웃음기를 떠올리고 있었다.

도무지 무슨 생각을 하는지 알 수 없는 노인네였다.

그러나 스스로의 잘못을 인정했다. 손님으로서 우대해야 했었다고.

설마하니 교황이란 자가 한입으로 두말을 하진 않을 테니 시우는 일단 난폭하게 날뛰는 기운을 갈무리했다.

성기사들은 안도하면서도 날카로운 눈빛으로 시우를 노려보고 있었다.

시우의 무례가 그토록 마음에 들지 않았는지 금방이라도 덮쳐올 기세였다.

그러나 결과적으로 시우를 공격해온 성기사는 아무도 없었다. 시우의 기운을 직접 체험한 그들은 깨달은 것이다. 그들이 아무리 무리 지어 공격한다 하더라도 시우는 꿈쩍도 하지 않을 것이라는 사실을.

교황은 들고 있던 홀로 바닥을 탕하고 찧었다.

그에 성기사들은 당황하면서도 마지못해 시우를 향한 살기와 적의를 거둬들였다.

"이제야 겨우 대화를 나눌 환경이 마련된 것 같군요."

시우는 발끈했다.

애초에 교황이 힘으로 굴복시키려 시도하여 반감을 사지만 않았어도 시우가 이런 태도를 취할 필요는 없었다고 생각했기 때문이었다.

그러나 이 세계에서 이질적인 것은 시우 쪽이었다.

시우는 그 기분을 속으로 삭힐 수밖에 없었다.

"그래서, 베헬라는 내게 무슨 용무가?"

시우의 질문에 교황은 난처하다는 듯 고개를 저었다.

"글쎄요."

"……뭐?"

시우는 짜증난다는 어조로 되물었다.

"사실 저희가 받은 계시로는 베헬라께서 당신을 찾은 이유를 짐작할 수 없습니다. 그저 당신에 대한 계시가 3년 전에 한 번, 그리고 이번에 또 다시 내려오게 되어 일단 찾아봤다는 느낌이죠. 저희는 일단 당신을 찾으면 그 이유를 알게 될 거라 생각했습니다. 혹시 당신에게 짐작 가는 바가 있는 것은 아닙니까? 아니, 애초에 당신이 누구기에 베헬라께서 당신을 원하는 거죠?"

교황의 질문에 시우는 입을 다물었다.

제법 고민했다.

성녀에게 초대받아 펠릭스령에 오는 내내 고민했고 결론을 내렸다.

자신의 정체에 대해서 밝히자고.

그러나 결심이 흔들렸다.

과연 이들을, 베헬라 교단을 믿어도 되는 걸까?

다른 교단과는 다르게 아직도 노예제도가 폐지되지 않은, 약자를 힘으로 억압하는 행위에 일체 주저하지 않는 이들은 시우는 믿어도 되는 걸까?

시우는 잠시 고민했지만 이내 체념했다.

말해도 믿어주지 않는다면 어쩔 수는 없지만 딱히 이 사실을 밝힌다고 해서 시우에게 손해가 생기는 것은 아니었다.

굳이 말하자면 지금까지 정체를 속여 온 일행들에게 미안할 뿐이었다.

시우는 뒤를 돌아보며 소라와 에리카, 리나와 루리, 로이, 그리고 아리에타와 근위기사들을 바라보며 입을 열었다.

"지금부터 내 말을 잘 들어. 나는……."

시우는 잠시 머뭇거리며 입을 열었다.

"이 세계의 인간이 아니야."

"그게 도대체……?"

가장 먼저 입을 연 것은 아리에타였다.

그녀는 지금까지 시우를 유흥의 신, 게임의 성자로 알고 있었다.

아카리나 최남단에서 태어나 마신 파일로스에 대항하기 위해 헤카테리아 대륙까지 건너왔다고 말이다.

하지만 당연하게도 그것은 거짓말이었다.

시우는 입을 열었다.

"나는 불치병에 걸린 소년이었어."

그곳은 마법도 없고, 노예도 없고, 귀족도 없는 곳.

국가를 대표하는 대통령은 있지만 국민의 투표에 의해 뽑히는, 국민을 위한 세계.

그런 세계에서 시우는 불치병에 걸려 죽었다.

하지만 죽었다는 실감을 얻기도 전에 시우는 이곳 헤카테리아 대륙에서 눈을 떴으며 지금까지 생존해 왔다는 이야기였다.

"죽음도 탄생도 거부하고 여기에 부활한 자……."

무슨 은유인 걸까하고 고민했던 베헬라의 말은 말 그대로의 의미였던 모양이었다.

"아마 베헬라라면 불치병에 걸려 죽었어야 했던 내가 왜 이 세계로 넘어왔고 이렇게 살아있는지 알고 있을 거라고 생각해서 왔다만……."

시우는 자신만의 상념에 잠겨서 말이 없는 교황과 성녀를 바라보며 고개를 저었다.

"아무래도 너희들은 아는 바는 없는 모양이군."

시우의 말에 성녀는 난처한 표정을 지었다.

시우는 뒤를 돌아보았다.

일행들은 시우의 발언에 혼란스러운 표정들이었다.

그도 그럴 것이 다른 세계에서 넘어왔다니?

쉽게는 이해하기 어려운 말이었다.

가장 먼저 납득한 것은 루리와 로이였다.

"노예도, 귀족도 없는 세계. 왕 조차 국민의 선택에 의해 뽑히는 국민을 위한 따듯한 세계. 그런 세계에서 오셨기 때문에 체슈 오빠는 상냥하신 걸까요."

그 뒤를 이어 에리카도 입을 열었다.

"슈 오빠가 어디서 왔든 상관없어요. 슈 오빠는 슈 오빠니까요."

그 말에 소라도 리나도 고개를 끄덕였다.

아리에타도 어느새 미소를 만면에 띠고 있었다.

지금까지 고민하며 믿어주지 않을지도 모른다고 고민했던 것이 바보 같을 정도로 쉽게 받아들여졌다.

성녀는 뒤늦게 상념에서 깨어나 시우에게 질문했다.

"슈님은 불치병에 걸린 소년이라고 하셨죠? 그건 도대체 언제 적 이야기인가요?"

"언제 적이냐니?"

"당신이 가진 힘은 하루 이틀 사이에 이룰 수 있는 힘이 아니에요. 그러나 당신은 소년 시절 불치병에 걸리셨다고 하셨어요. 게다가 당신이 온 세계는 마법도 없다 하셨죠. 그렇다면 슈님은 이 세계로 넘어오고 나서부터 무위를 쌓아 오신 것이 아닌가요? 그러나 실례일지는 모르나 슈님은 아직 젊은 청년의 모습으로 밖에는 보이지 않아요."

시우는 고개를 끄덕였다.

"분명 카렌의 추측대로야. 나는 이 세계에 넘어오고 나서부터 무위를 쌓게 되었지."

"그게 도대체 언제였죠?"

"3년 전."

시우의 대답에 주위가 술렁이기 시작했다.

고작 3년으로 불치병에 걸린 나약한 소년이 이만한 힘을 손에 넣을 수 있는 걸까.

그 불가해한 현상에 성기사들은 질투를 느끼고 시기하고 있는 것이었다.

"도대체 어떻게……."

성녀는 물었지만 시우는 대답하기 어려웠다.

온라인 게임에 대해 설명하는 것도 길고 지루한 것이 될 텐데 가상현실게임의 개념을 정확하게 이해시키는 것이 가능할까?

시우는 복잡한 설명은 생략하고 결과만을 설명하기로 했다.

"내가 이 세계에서 정신을 차렸을 때, 내게는 원래 없어야 했던 능력이 생겨 있었어. 검과 마법, 활에 대한 천재적 재능, 전투의 기술(스킬), 적 또는 물체를 보는 것만으로 이해하는 능력(타겟팅). 부서지지 않는 무기와 소생이란 표현이 어울리는 회복 물약 등 수많은 마법 아이템이 담긴 마법의 공간(아이템창). 그것들은 모두 내가 이 세계로 넘어오기 전에 유희로 즐기던 오락의 일부였기 때문에 당연하게 받아들였지만 지금에 와서 생각해보면 도저히 이해할 수 없는 현상이야."

카렌은 시우의 말을 모두 이해할 수는 없었지만 한 가지는 알 수 있었다.

시우의 부활, 그리고 뛰어난 재능과 함께 주어진 이해할 수 없는 능력들.

특히나 한쪽 눈을 가리는 것만으로 상대의 능력이나 물체를 근본적으로 이해할 수 있다는 능력은 신이 아니고선 부여할 수 있는 능력이 아니었다.

교황과 시선을 나눈 카렌은 고개를 끄덕였다.

"어쩌면 당신은 창조주의 손길이 닿았는지도 모르겠네요."

시우는 고개를 갸웃거렸다.

"창조주?"

그건 이 세계를 만든 신을 지칭하는 말일까?

하지만 이 세계에 세상을 만들었다고 자칭하는 신은 없었다.

세상은 원래부터 존재했고 신들은 거기에 존재하는 갖가지 개념을 지배하고 관리할 뿐이었다.

시우는 그것을 책을 통해 이해하고 있었다.

하지만 역시 책만으로는 모든 것을 알 수는 없는 법인 걸까?

시우가 이해할 수 없다는 표정을 짓자 교황이 홀을 치켜들며 외쳤다.

"추기경 및 성기사들은 잠시 물러나거라."

"하, 하지만 교황성하!"

교황은 치켜든 홀로 바닥을 쿵 찧었다.

추기경은 시우를 힐끗 노려보고는 교황을 향해 깊게 고개 숙였다.

시우가 마음에 걸리는 모양이었지만 교황의 명령에 거역할 수는 없으니 일단 알현실을 빠져나가는 모양이었다.

거기에 남은 것은 교황과 성녀, 그리고 시우와 그 일행들이었다.

"원래라면 이 이야기는 누구에게도 해선 안 되는 이야기지만……."

교황은 시우를 정면으로 바라보며 예의 속내를 알 수 없는 웃음을 흘리며 입을 열었다.

"그는 일행을 물리는 것을 허락하지 않겠죠."

"잘 알고 있군."

"그러니 여러분들은 이곳에서 듣게 될 이야기를 결코 바깥에서 해서는 안 됩니다."

교황의 얼굴에 떠오른 미소는 어느새 사라져 있었다.

처음으로 교황의 진지한 표정을 본 것 같은 느낌이 들었다.

하지만 교황의 얼굴에는 어느새 다시 미소가 떠올라 있었다. 마치 진지한 표정이 착각이었다는 듯이.

성녀가 뒤를 이어 입을 열었다.

"이 세상은 하나의 신에 의해 창조되었습니다. 그리고 그 신은 지금 이 세계를 관리하는 수많은 신들 중에 없습니다. 심지어는 그들마저도 그 하나의 신에 의해 창조되었죠. 그야말로 이 세계의 창조주입니다만 이 세계는 창조주에게 버려졌습니다."

"버려졌다고?"

"아니, 정확하게는 떠맡겨 버린 걸까요?"

그렇게 말하고 잠시 뜸을 들이던 카렌은 어떻게 설명하면 좋을지 고민하는 표정으로 다음 말을 이었다.

"창조주는 이 세상을 관리할 신들을 차례차례 창조

하고는 말했습니다. 너희는 이 세계를 관리해라. 너희에게 주어진 개념으로서 세계를 발전시켜라. 그리고 내가 돌아오는 그 날, 가장 큰 업적을 쌓은 신에게는 나와 동등한 권한을 허락하겠다."

그리고 신들은 떠나간 창조주가 남긴 말에 따라 길고 긴 승부를 시작했다는 이야기였다.

자신에게 주어진 개념으로서 세상을 보다 나은 곳으로 만드는 승부, 아니 내기를.

그야말로 세계를 판돈으로 올린 사상 최대의 내기를 말이다.

모두가 입을 다물었다.

말을 하지 않았다. 할 수 있을 리 없었다.

시우 일행 중에서는 딱히 독실한 신앙심을 가진 신자가 있는 것은 아니었지만 이 세계는 신의 존재가 확립된 세계였다.

물론 여러 마법사나 현자라 자칭하는 자들 중에서는 '신의 증명'이라 불리는 여러 가지 현상에 대해 반박하는 자들도 있었지만 그것도 높은 자리에 앉은 귀족들이나 할 수 있는 소리였다.

제대로 된 신분도 없으면서 신은 없다느니 자신은 무신론자라느니 하는 소리를 하면 멍청이 취급을 받는 곳이 바로 이 세계였다.

그런 세계가 세계를 만든 창조주로부터 버림받았다고 한다. 그뿐만 아니라 세계를 만든 책임을 타인에게 떠넘기고 세계의 소유권을 건 승부를 하고 있다고 한다.

기가 막혀 할 말이 있을 리 없었다.

시우는 그제야 교황이 '누구에게도 해선 안 되는 이야기', '이곳에서 들은 이야기를 바깥에서 이야기 하지 말라'고 한 이유를 이해할 수 있을 것 같았다.

신은 단지 이 세계를 관리하고 인간에게 은혜를 베풀기 위한 존재였다. 그렇기 때문에 인간들은 신을 의지하고 그들을 위해 헌신할 수 있었다.

특히 자신의 죽음으로서 신을 위해 세계에 헌신하는 베헬라 교단의 신자들처럼 말이다.

그런데 사실은 신은 인간을 위함이 아닌 스스로 세계의 소유권을 손에 넣기 위해서, 창조주와 동등한 권한을 손에 넣기 위해서 인간을 이용할 뿐이라는 사실이 밝혀진다면?

세상은 혼돈에 빠져들지도 모른다.

물론 그것은 신자가 아니라 해도 마찬가지였다.

이 세계는 신들을 위한 노름판이다. 그렇게 선언 받은 사람들은 저마다의 생각에 빠져 도무지 말을 꺼낼 수가 없었다.

그나마 시우는 충격이 덜할 수밖에 없었다.

애초에 시우는 이 세계의 사람이 아니었기 때문인지 그래서 뭐 어쨌냐는 생각이 강했다.

물론 그와 동시에 이 세계를 살아가는 사람들에게는 미안하다는 생각도 들었지만 그것이 본심이었다.

"그게 나랑 무슨 상관이지?"

자신의 발언에 충격을 받은 사람들의 반응을 살펴보던 카렌은 시우가 아무렇지도 않다는 듯 묻자 퍼뜩 정신을 차렸다.

"파일로스예요. 이 세계를 관리하는 신들은 창조주의 주최 아래 정정당당한 승부를 벌이고 있었어요. 그런데 파일로스는 규칙을 어기고 폭주하고 있어요. 창조주는 그것을 미리 알아채고 당신을 이곳으로 보낸 것일지도 몰라요. 마신 파일로스의 사자, 마룡 베네모스의 대항마로서."

"하지만 베네모스의 대항마가 될 수 있는 힘을 나에게 내려줄 수 있었다면 왜 이 세계에 있는 인간을 고르지 않고 굳이 다른 세계에 있는 나를 이 세계로 넘겨보낸 건데?"

카렌도 시우가 지적한 부분이 마음에 걸리는지 턱을 괴고 잠시 생각에 잠겼다.

"이건 추측인데, 혹시 슈님이 계신 세계에 이 세계의 창조주가 있는 것이 아닐까요? 만약 창조주가 이 세계로 돌아오면 신들의 승부는 거기서 끝나니까 이 세계에 관여하기 위해서 같은 세계에 있던 슈님을 이쪽으로 날려 보낸 것은⋯⋯?"

카렌의 가설은 훌륭했다. 그러나 시우는 어딘가가 석연치가 않았다.

게다가⋯⋯.

"터무니없을 정도의 민폐구만."

시우는 그렇게 말하지 않을 수 없었다.

이 세계로 넘어오게 됨으로서 시우가 지금까지 겪어야 했던 고통들이 전부 시우와는 상관없는 다른 세계를 위해서라고?

세계를 가진다거나, 창조주와 동등한 권한을 손에 넣니 마니 하는 신들의 승부에 휘말려서?

시우의 나직한 목소리에 입을 열 수 있는 사람은 아무도 없었다.

이 세계와는 아무런 상관도 없는 시우가 이 세계를 구원하기 위해 보내졌다고? 그에게는 아무런 설명도, 허락도 없이?

이 세계를 사는 주민으로서 그들이 시우에게 해 줄 말은 아무것도 없었다.

시우는 자신이 흘린 혼잣말이 일으킨 파문이 생각보다 컸음을 깨닫고 피식 웃음을 터트렸다.

"뭐야. 다들 그렇게 입을 다물고. 물론 민폐이긴 하지만 딱히 나쁜 이야기는 아니야. 원래 나의 세계에서 죽었어야 할 나는 이 세계에서 두 번째 기회를 얻었어. 고독하게 죽어갔던 나는 이 세계에서 구원받았어. 세리카를, 루리와 로이를, 리나를, 소라와 에리카를, 그리고 이 자리에 없는 수많은 사람들을 만나고 대화하고 부대낌으로서 고독했던 지난 삶을 청산할 수 있었어. 그렇게 생각해보면 나를 이 세계에 보낸 것이 누가 됐건 나는 그에게 빚을 졌다고, 아니지. 은혜를 입었다고 할 수 있어. 그러니 아까 내가 했던 말은 잊어줘. 그건 그냥 의미 없이 흘러나왔던 투정이었을 뿐이니까."

시우의 말에 일행의 표정이 조금은 밝아졌다.

"그것보다도 파일로스가 규칙을 어겼다고 했던가? 규칙이라면 정확히 어떤 규칙을?"

시우의 질문에 대답한 것은 역시나 카렌이었다.

"신들의 승부 내용은 복잡하지 않아요. 단지 창조주가 돌아오기까지 이 세계를 위해 보다 많은 업적을 쌓은 신이 승리한다. 하지만 여기에는 불문율이 붙어있지요."

"불문율?"

"예. 신은 인간을 만들 때 스스로의 모습을 본떠 만들었다고 해요. 창조주는 그것을 매우 흡족하게 여기고 인간들보다 뛰어난 유사인종들을 만들려고 했어요. 말하자면 유사인종은 인간의 진화판이죠. 개체로서 보다 우월한 종족들. 알테인, 포스칸, 수인들. 그러나 신은 유사인종을 만들고 깨달았죠. 그들 하나하나는 인간보다 뛰어날지 모르지만 종으로서는 인간에게 못 미친다는 것을."

카렌은 잠시 생각을 정리하고 입을 열었다.

"알테인들은 원력을 통제하는 능력이 뛰어난 탓에 자연과의 교감에 민감해져 인간다운 욕심을 잃었어요. 포스칸은 뛰어난 육체능력을 타고 태어나지만 본능에 따라 살기 때문에 동족끼리도 타투는 일이 많다고 해요. 수인족들은 인간에게 짐승의 피지컬을 더해준 형상이기 때문인지 그러한 포스칸들보다도 더욱 본능적으로 살아가요. 그들은 인간의 가장 큰 특징인 가능성의 근본이 되는 욕심과 사회성을 잃어버리고 만 거예요. 그래서 창조주는 인간에게는 신의 은혜를 허락했지만 유사인종에겐 금지한 것이죠. 이 세계를 버리고 떠난 것처럼 유사인종들을 저버린 거예요."

시우는 그 이야기를 들으면서 이 세계의 창조주는 참 책임감이 없는 신이구나 싶었다.

시우를 이 세계에 보낸 것도 그렇다.

기왕 이 세계를 구하려고 보냈으면 간단한 설명이라도 해줬으면 좋았을 텐데 그런 간단한 설명도 귀찮았던 것일까?

시우는 리나나 소라와 에리카의 눈치를 살펴보았지만 딱히 충격 받은 모습은 아니었다.

애초에 유사인종에게는 성력의 은혜가 주어지지 않는다는 사실로 평소부터 신이란 존재에게 큰 기대는 없었던 모양이었다.

단지 리나가 한마디 불평을 했을 뿐이었다.

"멋대로 만들어 놓고 실망하지 말라냐."

"어찌되었든 그런 연유에서 이 세계를 지배하는 것은 신을 본뜬 인간이라고 승부를 겨루는 신들 사이에서 불문율이 되어 있던 것이에요. 그리고 파일로스는 그것을 깨트렸죠. 어쩌면 그것은 당연한 결과였을지도 모르지만요."

"파일로스가 규칙을 어긴 것이 당연한 결과였다고?"

"예. 마신 파일로스가 지배하는 개념은 파괴. 그것은 단순히 물질적인 파괴를 의미하는 것은 아니에요.

상식의 파괴, 규칙의 파괴. 부술 수 있는 것은 개념을 포함해서 전부 지배해요. 그런 파일로스가 이 세계를 지배하는 것은 인간이어야 한다는 상식을 파괴하고, 성자는 인간들 가운데에서만 뽑아야 한다는 규칙을 파괴한 것은 굉장히 파괴의 신답다고 할 수 있어요."

"과연, 창조주는 이 세계에 업적을 쌓으라고만 했으니 파일로스는 신들끼리 마음대로 정한 상식이나 규칙 따위는 파괴해도 상관없다고 생각한 모양이군. 하지만 창조주도 그런 파일로스의 행위는 마음에 들지 않아서 나를 보냈다고. 정리하자면 그런 이야기가 되나?"

"당신이 창조주의 사자, 창조주가 선택한 성자라는 것은 아직 가설 단계에 불과하지만요. 하지만 당신이 다른 세계에서 넘어왔다는 사실과 당신이 가진 힘은 그렇게밖에 설명할 수 없어요."

시우는 잠시 생각하다가 머뭇거리면서 입을 열었다.

"…하지만 내게는 성력이 없는데?"

"그렇게 생각해도 이상할 것은 없죠. 당신은 이런 생각을 해본 적은 없나요? 도대체 마법은 무엇일까 하고."

"뭐?"

"창조주는 유사인종을 만드는데 실패한 직후 이번

에는 완전히 다른 생물을 만들었어요. 유사인종들이 인간보다 못한 이유는 개체로서 어정쩡하기 때문이다. 개체로서 분명 그들은 인간보다 상위종에 해당하지만 완벽하지는 않으니까. 그렇다면 개체로서 완벽한 종족을 만들면 돼. 그래서 만들어진 것이 드래곤이에요. 그리고 그들에게는 개체로서 완벽한 몸과 늙지 않는 수명과 막대한 양의 마력, 그리고 신에게만 허락된 권능을 언어의 형태로 그들의 영혼에 각인했죠. 그것이 바로 드라고니스예요."

"신에게만 허락된 권능? 설마 그게 마법이라는 거야?"

"마력이라는 것은 그 자체로 창조주의 성력인 거예요. 드래곤들의 마법은 하나의 생물로서 부리기에 과한 능력이라는 생각은 해보시지 않으셨나요? 그야말로 신의 권능에 필적한다고 할 수 있는 능력들. 마법이라는 개념 자체가 신이 허락한 기적이기 때문이죠. 그에 비해 성법이니 하는 것들은 그런 창조주를 따라한 모방에 지나지 않아요. 아무리 성력을 각성한다 하더라도 벙어리, 귀머거리들은 결국 말을 하지 못하면 간단한 성법도 구사하지 못하니까요. 그에 비해서 말을 하지 못해도 마력을 느끼고 다룰 수 있다면 누구나 기적을 행할 수 있는 마법은 그 자체로 완벽하죠."

시우는 카렌의 설명을 들으며 작은 충격을 받았다.

마법이라는 개념.

그것은 원래 그런 것이라는 생각을 가지고 있었다.

이세계니까 마법 같은 것이 있어도 이상하지 않잖아 하는 멍청한 생각.

시우는 아직도 마음 속 어딘가에서 이 세계를 아직도 게임과 같은 관념으로 바라보고 있었는지도 몰랐다. 그리고 지금 그것이 한 꺼풀 벗겨졌다.

"과연, 마법은 신의 권능인가."

그렇다면 마력은 신의 힘이라고 할 수 있는 걸까?

'어라?'

시우는 잠시 고개를 갸웃거렸다.

만약 '마력=창조주의 힘'이라는 공식이 사실이라면 마력을 무지막지하게 쌓으면 신이 될 수 있는 걸까?

만약 그런 것이 가능하다면 드래곤들 가운데에 신이 된 용이 있을 지도 모른다.

물론 창조주도 생각이 있다면 드래곤들에게 신의 권능을 허락하면서 어떠한 제약을 걸어뒀을 가능성도 있겠지만 지금까지 들어본 창조주의 성격은 말 그대로 무책임이란 한 단어로 설명할 수 있었다.

어쩌면 귀찮다는 이유만으로 드래곤이라는 무지막지한 종족을 만들어놓고 아무런 제약도 없이 방치해

놓았을지도 모르는 일이었다.

어찌되었든 카렌의 말에 따르면 지금까지 시우가 의심스럽게 생각했던 문제들이 모두 해소된다.

시우가 가진 게임의 기능들은 창조주의 성자로서 주어진 권능이었던 것이다.

물론 '어째서 내가 선택된 거지?' 하는 의문이 사라진 것은 아니었지만 말이다.

뒤이어 카렌이 입을 열었다.

"아직 가설 단계지만 지금 나눈 이야기가 전부 사실이라고 한다면 슈님은 저희 베헬라 교단에 의탁하는 것이 어떠신지요? 슈님이 아무리 창조주의 성인이라고는 해도 이 세계에는 창조주를 위한 교단은 없습니다. 그렇다면 저희 베헬라와 힘을 합쳐 파일로스 교단에 맞서 싸우는 것이 보다 효과적이지는 않을지?"

"성녀여!"

교황은 카렌의 제안에 눈살을 찌푸리며 제지했다.

카렌도 말했다시피 시우가 창조주의 성인이라는 것은 가설 단계에 불과했다. 어쩌면 시우는 파일로스 교단에서 보낸 첩자일지도 모르는 것이다. 그런 자를 경솔하게 교단의 일원으로 받아들이자고 제안하다니 교황으로서는 마음에 들지가 않았던 것이다.

물론 시우가 적이 보낸 첩자가 아니라고 한다면 그를 베헬라 교단의 일원으로 받아들였을 경우의 이득은 상상을 뛰어넘는 것이 될 터였다.

단지 체내에 내포한 기운을 개방하는 것만으로 수십의 수호성기사와 추기경을 행동 불능으로 만들 정도의 힘을 가진 자가 아군이 되는 것이다. 드래곤을 아군으로 끌어들인 파일로스 교단과 성전을 펼치려는 이때에 그만큼 든든한 것도 달리 없었다.

"교황님의 걱정은 이해합니다. 하지만 지금까지 제가 겪고 보아온 슈님은 결코 첩자 따위가 아닙니다. 게다가 그는 저를 노리고 매복하고 있던 파일로스 교단의 군세를 막았을 뿐만 아니라 그들과 함께 찾아온 드래곤의 목숨마저 끊었습니다."

"드래곤을?"

교황은 진정으로 놀라는 눈치였다.

시우가 강한 것은 방금 겪어보아 충분히 깨달았다고 생각했는데 시우의 무위는 교황이 생각하는 것을 더욱 초월하는 모양이었다.

게다가 드래곤을 죽였다고 한다면 첩자일 가능성도 상당히 내려간다.

마롱 베네모스는 계속해서 파일로스 교단에 협력할 드래곤들을 회유하고 있지만 아직 그 수는 적었다. 고

작 첩자 하나를 심기 위해서 드래곤을 희생시키는 작
전은 세우지 않을 것이다.

"그대가 죽인 것이 드래곤이었다는 증거는 있는가?
혹시나 드래곤인 척을 하는 인외급의 마법사는 아니
었는가?"

시우는 아이템창에 고이 챙겨 두었던 브로딕스의
드래곤 하트를 꺼내보였다.

아름다운 자태, 흘러넘치는 마력은 그것이 드래곤
의 두 번째 심장임을 스스로 증명하고 있었다.

교황은 그것을 바라보며 한참을 고민했다.

그리고 고민한 끝에 결정을 내렸다.

"그대, 이름은 무엇이라 하는가?"

"최시우."

"그대. 최시우는 무릎을 꿇어 경의를 표하라."

교황의 말에 시우는 불쾌한 표정을 지었다.

시우는 교황이 아직도 그를 권력으로 찍어 누르려
한다고 착각했기 때문이었다. 그러나 카렌이 시우의
곁으로 다가와서 말없이 고개를 흔들었다.

시우는 카렌의 얼굴과 교황을 번갈아 바라보며 한
숨을 푹 내쉬었다.

지금은 카렌의 얼굴을 보아서라도 시키는 대로 따
라보자 싶었던 것이다.

그리고 시우가 한쪽 무릎을 꿇어앉으며 오른손을 왼쪽 가슴에 가져가자 교황은 홀을 들고 자리에서 일어나 선언했다.

　"나, 베헬라 교단의 교황, 데아나모르 그레고리는 그대, 최시우를 베헬라 교단의 명예 추기경으로 임명하는 바이다."

　그리고 내리쬔은 교황의 홀에서 성력이 일어나 시우를 향해 쏟아졌다. 원래라면 시우는 그 성력이 내리는 은혜에 감사의 눈물을 흘려야 했겠지만 시우에게는 아무런 영향도 끼칠 수 없었다.

　그도 그럴 것이 시우는 다른 세계에서 찾아온 몸으로 이 세계의 성력을 무효화 시키는 체질을 가지고 있었으니까.

　당연하게도 홀에서 뿜어져 나온 성력 또한 시우의 몸에 닿는 순간 자연스럽게 소멸하고 말았다.

　교황은 그 당황스런 현상에 성녀를 바라보았지만 카렌도 시우의 몸에서 일어난 현상에 대해서는 아무것도 알 수 없었다.

　시우는 쓴웃음을 지으며 교황과 카렌에게 자신의 몸에서 일어난 현상에 대해서 생각해온 가설을 설명할 수밖에 없었다.

　정확한 사실은 시우 자신도 알 수 없었지만 시우의

설명에 교황도 카렌도 일단은 납득하는 것처럼 보였다.

교황은 뒤늦게 그런 시우의 체질에 대해 알고선 머리를 싸매는 것처럼 보였다.

성력이 없는 성직자는 지금까지도 존재했다.

신앙심은 깊지만 성력을 각성하지 못한 신자에 한해서 교황은 명예직을 허락할 권한이 있었다. 그러나 교황과 성녀를 제외하고 교단에서 가장 높은 직위라 할 수 있는 추기경에게 성력이 없다는 것은 말이 되지 않는다.

시우를 지금까지 존재하지 않았던 '명예 추기경'이라는 직위에 임명한 것은 여타 아홉 명의 추기경들의 질타를 짐작케 했다. 그런데 알고 보니 그 열 번째 추기경이 성력을 소멸시키는 체질을 가지고 있다고 한다면?

질타 정도로는 끝나지 않을지도 몰랐다. 신의 권능이 허락되지 않는 유사인종과는 달랐다. 그들은 성력을 각성할 수 없을지는 모르나 성직자가 기도문을 올리면 얼마든지 신의 은혜를 부여할 수 있었다.

반면 시우는 외부에서 주어진 은혜마저도 소멸시키는 몸을 가지고 있는 것이다.

그런 자를 추기경으로 임명했다는 사실이 알려진다면 교황의 입지는 좁아질 수밖에 없었다.

그렇다고 임명 선언이 끝난 지금에 와서 취소하겠다고 할 수도 없고, 교황은 끄응 앓는 소리를 흘렸다.

그러나 이는 모두 교황의 실수였다.

시우의 힘이 욕심났기 때문에 내린 성급한 판단이었다.

"명예 추기경이라고?"

시우가 의문어린 목소리를 흘리자 교황은 정신을 차리고 시우가 가질 권한에 대해 설명하기 시작했다.

원래 추기경이라는 직위는 교황이라는 자리에 입후보 할 수 있음과 동시에 선거권도 지닌 매우 막중한 자리였다. 추기경 모두가 교황이 될 수 있는 권한을 가지고 있으며 오로지 아홉 명의 추기경만이 선거권을 지녔으므로 그 투표 하나하나가 지닌 의미가 매우 컸다.

그러나 시우가 임명된 '명예 추기경'에는 이러한 권한이 없다.

교황에 입후보를 할 수도, 선거권을 지니지도 못했다.

추기경이라는 이름만 주어진 껍데기뿐인 직분인 것이다.

이러한 점은 추기경들의 질타를 걱정한 교황의 즉

흥적인 판단이었지만 시우는 별로 신경 쓰지 않았다.

시우에게는 차기 교황이 되겠다는 생각도 없었고, 차기 교황이 누가 되든 상관도 없었으니까. 지금 가장 중요한 것은 추기경이라는 이름이 얼마만큼의 권한을 지녔는가 하는 것이었다.

펠릭스 교황성은 땅덩이도 좁고 인구수도 그다지 많은 편은 아니지만 교황의 권한은 페르시온 제국의 황제에 필적할 정도였다.

베헬라 교단의 신자들은 대륙 곳곳에 존재했고 교황에게 적대한다는 것은 그러한 신자들 하나하나를 모두 적으로 돌린다는 것과 같은 의미였기 때문이었다.

교황, 교단의 황제라는 이름을 사용할 정도였다.

교황의 권한은 일국의 왕보다도 높고 그런 자리에 입후보 할 수 있는 추기경들은 말하자면 세습권을 가진 왕족과 비슷한 위치에 있다 할 수 있었다.

시우는 명예 추기경이라는 위치로 교황이 될 수는 없으나 세습권을 가지지 못한 왕족 정도로 비교할 수 있을 것이다.

나쁘지 않다. 토발츠 변경령에서 겪었던 사건으로 신분에 욕심이 생겼던 시우에게는 딱 적당한 위치였다.

교황은 그 직분을 조건으로 파일로스 교단과의 성전이 끝날 때까지 베헬라 교단에 협력할 것이며 명예 추기경으로서의 권한은 성전이 끝나는 순간 소실된다고 설명했다.

그것은 시우로서도 바라 마지않는 이야기였다.

시우는 이 전쟁이 끝나면 그의 소중한 사람들과 함께 평화로운 일상을 보내고 싶었다. 그런데 만약 이 신분 때문에 베헬라 교단에 옭매이게 된다면 그것은 시우의 입장에서 거절하고 싶은 일이었다.

교황은 조만간 정식적인 추기경 임명식이 있을 거라고 설명했다. 정식적이라고는 해도 베헬라 교단의 고위 인사들을 모아 펼치는 사교회 같은 것이라는 이야기였다.

날씨가 추워지며 중부의 건기가 찾아오기까지 4개월밖에 남지 않은 상황이었다.

열대우림을 태워 없애겠다는 알덴브룩 제국이 본격적으로 움직이기 전에 하고 싶은 일이 많았다.

시우는 됐다며 거절하려 했지만 교황의 설명에 주춤하지 않을 수 없었다.

기본적으로 시우가 베헬라 교단의 추기경이라는 증명이 될 배지와 신분증은 만들 예정이지만 이 추기경 임명식은 시우를 위한 자리였다.

추기경에 임명된 자로서 이 사교회는 교단의 고위 인사들에게 얼굴을 알릴 기회였다.

아무리 교황에 의해 시우가 추기경 자리에 임명되었다 하나 알아주는 사람이 없으면 의미가 없는 것이다.

게다가 베헬라 교단에는 전통적으로 9명의 추기경밖에 없었으며 시우는 10번째 추기경이었다. 교단에서 받은 배지와 신분증을 제시하더라도 10번째 추기경의 존재를 믿어주지 않는 상황이 일어날 가능성도 없지는 않았다.

그런 교황의 설명에 시우는 납득했다.

조바심이 나기는 하지만 시간이 아주 없는 것은 아니었으니까.

시우는 조금만 더 여유를 갖기로 했다.

임명식을 위한 준비가 갖춰졌다.

시우가 임명식에서 입을 의복, 추기경을 증명하는 배지와 신분증, 시우에게 하사될 검.

사교회에 참가할 고위 인사들에게는 초대장이 날아갔고, 거기에는 페르시온 제국의 귀족들도 포함되어 있었다.

귀족들도 사교회에 참가하는 이상 시우도 귀족들의 예의를 다시 배울 필요가 있었다.

남부 귀족들의 예의에 대해서는 책을 통해 다소나마 익힌바가 있었지만 남부와 북부 사이에는 미묘하게 예법이 다른 경우가 많았기 때문이었다.

특히 시우를 당혹스럽게 만든 것은 춤이었다.

임명식이라는 이름이 붙긴 했으나 거기에는 악사들도 초빙하여 음악이 흐르며 춤도 추는 장소였다.

시우는 그곳의 주인공이며 추기경이라는 높은 자리에 앉게 되는 것이다.

나이도 어리고 능력 있는 남자를 노리는 귀족은 적지 않다.

아마 수많은 여자들이 춤을 신청하겠지.

그런 이야기와 함께 간단한 춤을 배워 두는 것도 나쁘지 않을 것이라는 카렌의 제안에 춤을 배우기 시작했지만 누군가와 함께 추려하면 멋쩍어서 제대로 출 수가 없었던 것이다.

그리고 사교회의 기일까지 하루가 남은 상태에서 시우의 의복이 완성되었다.

추기경임을 나타내는 배지가 달려있고 금실로 화려하게 꾸며진 의복은 그야말로 이 세계 귀족들이 입을 만한 화려한 복장이었다. 거기에 더해 베헬라를 의미하는 붉은 망토와 쫄바지를 보고 시우는 결단코 거절했다.

이 세계의 심미안으로는 평범한 복장일지 모르지만 시우에게는 너무나도 부담스러운 옷이었기 때문이었다.

시우는 아이템창에 넣어뒀던 장비를 꺼내 보이며 이것으론 안 되겠냐고 제안했다.

그것은 시우의 주장비인 전투복이었지만 디자인만 보더라도 세련미가 넘치는 의복이었기에 허락이 떨어졌다.

단지 옷에는 붉은 초승달을 자수로 넣어야 하며 붉은 망토도 걸쳐야 한다는 조건이 걸렸지만 그 촌스러운 의복을 입지 않아도 된다는 사실만으로도 시우는 안도의 한숨을 내쉬었다.

하지만 문제는 거기서 그치지 않았다.

본인의 장비를 착용해도 된다는 허락은 떨어졌지만 시우의 장비가 가진 방어력 때문에 거기에 바늘을 꽂을 수 있는 재단사가 없었던 것이다.

겉으로 보기에는 천으로 된 옷으로밖에는 보이지 않았지만 그 방어력은 포스칸이 제련한 강철보다도 단단했다. 거기에 바늘을 박아 넣기 위해서는 원력을 바늘에 담을 수 있는 정교한 실력자가 필요했던 것이다.

이 밤이 지나도록 옷을 준비하지 못하면 교단이 준

비한 촌스러운 의복을 입어야 한다는 위기감에 시우가 밤새 자수를 넣어줄 여성 성기사를 찾아다녔다는 사실은 공공연한 비밀이었다.

Respawn

NEO FUSION FANTASY STORY & ADVENTURE

39장.

차별

39장.
차별

리스폰

시우의 추기경 임명식 및 사교회는 저녁 시간으로
잡혀 있었다.

낮 동안에 임명식이 어떤 수순으로 진행될 지에 대
해서 설명을 들은 시우는 임명식이 다가오자 저도 모
르게 가슴이 떨리는 기분을 느낄 수 있었다.

추기경이 대단한 신분이라는 것은 알고 있었지만
사실 거기에 임명된다는 사실에 큰 의의를 두지 않았
던 시우로서도 뜻밖의 일이 아닐 수 없었다.

설마하니 이런 일로 긴장을 하게 되리라고는…….

그러나 가만히 생각해보면 당연하다는 듯한 생각도
들었다.

전생에서 시우는 이런 중요한 자리에 임명되기는커녕 공식적인 자리에 서는 일도 없었다. 그 흔한 학교의 상장을 받는 것은 물론 졸업식도 초등학교 때밖에 겪어보지 못했던 것이다.

그러니 이런 익숙하지 않은 자리에 긴장을 하게 되는 것이리라.

·그리고 무엇보다도 시우를 긴장하게 만드는 것은 지금부터 만나게 될 사람들의 평가였다.

시우는 지금부터 베헬라 교단의 고위 인사를 만나게 될 것이다. 그들은 교황이 추기경에 임명한 시우를 모른다. 따라서 이번 사교회에서 시우가 교단의 위에 설 인물로서 합당한지 판단하고, 성품을 시험할 것이다.

첫인상은 중요하다. 특히 베헬라 교단의 고위 인사라고하면 알덴브룩 제국과의 성전에서 등을 맡기고 싸우게 될 예비 전우가 될 가능성도 있었다.

시우는 거기까지 생각하고 한숨을 푹 내쉬었다.

시간이 다가온다.

시우는 아이템창을 열어 베헬라 교단의 상징인 붉은 초승달이 수놓아진 장비 아이콘에 손을 올려놓고 "장착."이라고 읊었다.

그러자 시우가 입고 있던 일상복은 아이템창에 정

리되었고 시우가 손을 올리고 있던 장비가 시우의 몸에 착용되었다.

편리한 기능이다. 이 기능을 이용하면 혼자서는 입지 못한다고 알려진 풀 플레이트 아머도 간단하게 착용하는 것이 가능했다.

…물론 시우가 지금 입고 있는 장비가 웬만한 풀 플레이트 아머보다 튼튼한데다가 마법방어력까지 갖추고 있으니 굳이 바꿔 입을 일은 없을 것이라고 생각하지만 말이다.

시우는 뒤이어 아이템창에서 붉은 망토를 꺼내 어깨에 두르고 신발도 바꿔 신고, 손에는 하얀 장갑을 끼어 곧 시작될 임명식에 대비했다.

지금쯤이면 시우의 얼굴을 보려고 페르시온 제국 각 지방에서 찾아온 손님들이 이제나 올까 저제나 올까 기다리며 시우가 어떤 인물일지에 대해 저들끼리 잡담을 나누고 있을 것이다.

그런 생각을 하고 있으려니 시우가 대기하고 있던 방문에서 노크소리가 들려왔다.

"슈 경. 나나입니다. 일행분들의 환복이 끝나 모셔왔습니다."

시우는 나나의 목소리에 반겨 대답했다.

"들어오세요."

그러자 조용히 열린 문 앞에는 약식 갑주를 입은 여성 성기사가 서 있었다.

붉은 빛이 감도는 갈색 머리를 뒤로 묶어 정리하고 투구라기보다 서클릿이라고 부르기에 적당해 보이는 장식용 관을 쓴 여자였다. 몸에는 곡선을 그리는 유려한 몸매에 맞춰 제작된 약식갑옷을 입고 있었다.

곧 시작될 시우의 임관식에 참여하기 위해 실용성보다는 겉모양에 신경을 쓴 모습이었다.

나나는 지난 밤 시우의 장비에 수를 놓아준 성기사였다.

여성 성기사 중에 자수를 놓을 줄 아는 자는 많았으나 바늘에 원력을 씌워 시우의 장비에 수를 놓을 수 있었던 것은 나나 뿐이었다.

말하자면 원력을 다루는 실력 면에서는 여성 성기사 중 으뜸의 실력자라 할 수 있는 인물이었다.

그런 그녀가 왜 이 자리에 있는가.

그것은 지난밤의 인연으로 교황이 나나에게 시우와 그 일행의 호위를 맡겼기 때문이었다. 말하자면 요인 경호이며 추기경이 될 시우의 수행원이었다.

물론 시우라고 그것을 있는 그대로 받아들이는 것은 아니었다.

아마도 그녀는 교황으로부터 시우가 이상한 낌새를

보이지는 않는지 감시의 목적으로 붙인 것일 테니까. 그러나 지난밤에는 도움을 받기도 했고 그녀가 딱히 잘못된 일은 한 것은 아니기 때문에 너무 신경 쓰지 않도록 하기로 했다.

그것보다도 중요한 것은 나나의 뒤를 따라 들어오는 일행들의 모습이었다.

베헬라 교단은 시우의 의복을 준비하는데 그치지 않고 시우의 일행들이 입을 의복까지 준비해 주었다.

그 과정에서 소라와 에리카가 알테인이라는 사실이 밝혀져 약간의 소란은 있었지만 교황의 능숙한 처리 능력으로 큰 소란으로 번지지는 않을 수 있었다.

원래부터 옅은 금발에 보석과 같은 푸른 눈동자를 가지고 있던 루리와 로이는 교단에서 준비해준 의복을 입자 귀티 나는 모습으로 일변했다.

귀걸이, 목걸이, 팔찌. 화려하지는 않지만 아름다운 보석으로 튀지 않게 꾸민 모습에 드레스를 입은 루리는 아름다웠고, 교단에서 준비했던 시우의 의복과 비슷한 느낌을 풍기는 옷을 챙겨 입은 로이는 늠름했다.

"…그 쫄바지 괜찮아?"

"응? 왜? 이상해?"

"아니, 잘 어울리지만……."

시우는 로이의 질문에 말끝을 흐리고 시선을 다시 루리에게로 돌렸다.

그리고 그녀의 머리를 쓰다듬으며 입을 열었다.

"잘 어울리네. 이렇게 잘 어울릴 줄 알았으면 평소부터 옷 좀 잘 챙겨주는 건데."

루리는 그런 시우의 말에 얼굴을 잔뜩 붉히고 고개를 숙였다.

"괜찮아요. 이런 드레스는 비싸잖아요. 그리고 일상적으로 입기에 불편하기도 하고."

시우는 그녀의 나이답지 않게 입는 옷의 가격과 실용성을 따지는 모습에 어쩐지 씁쓸한 미소를 짓고 말았다.

기회가 된다면 루리에게 여성스러운 옷도 사주기로 하자.

시우는 그렇게 다짐하면서 그 뒤를 이어 들어오는 일행들의 모습을 확인할 수 있었다.

아리에타의 근위기사들과 소라와 에리카, 그리고 리나였다.

"옷이 날개라더니."

망국이라고는 하지만 알덴브룩 제국의 피해국이라는 점을 신경 썼는지 교단이 준비한 근위기사들의 옷은 화려했다.

갑옷은 아니었지만 북부 지방의 예복에 붉은 망토를 걸친 모습은 지금까지 알고 지냈던 털털한 느낌의 근위기사들이 아니었다. 원래라면 근위기사가 가졌을 법한 위엄이 느껴지는 복장이었다.

그리고 원피스 차림의 에리카가 종종 뛰어와 시우에게 안기며 물었다.

"오빠 어때요? 저도 잘 어울리죠?"

시우는 흐뭇하게 웃으며 고개를 끄덕였다.

원래부터 어떤 옷이든 잘 어울렸던 에리카였지만 그의 원피스 차림은 지금까지 입어왔던 옷이랑은 비교가 불가능했다.

그리고 에리카의 뒤를 따라 소라와 리나가 주춤주춤 뒤따랐다.

소라는 평소 바지밖에 입지 않았었기 때문에 그녀의 스커트차림은 제법 신선한 느낌이 있었다. 게다가 스스로도 부끄러운지 짧은 스커트의 밑단을 붙잡고 늘어트리는 행동은 오히려 보는 사람을 더욱 부끄럽게 만드는 곳이 있었다.

"소라도 잘 어울리네. 응. 그런데 그렇게 부끄러워하면 오히려 더 신경 쓰이는데 말이지."

소라는 시우의 말에 치마를 놓고 발을 어깨 넓이로 벌려 딛고 평소처럼 팔짱을 끼고 섰다. 얼굴은 여전히 붉어 고개 돌려 시우의 시선을 피하고 있었지만 말이다.

갑자기 너무 당당한 포즈를 취하는 것이 아닌가 싶었지만 역시 소라는 이래야 그녀답다는 생각도 들었다.

반면 리나의 차림은 평소보다 살색이 적은 복장이었지만 어째선지 그녀 또한 부끄러워 참을 수가 없다는 표정이었다.

순수한 복장이었다. 흰색 일색에 레이스로 꾸민 모습은 평소의 그녀가 요염하다고 한다면 지금의 그녀는 청순한 느낌이 들었다.

"응. 리나도 잘 어울리는 걸. 평소부터 그러고 다니면 인기를 끌 법도 한데 말이지."

"…어울린다고냐? 정말로냐? 이상하지 않냐?"

"어. 굉장히 예쁜걸. 교단에는 훌륭한 코디네이터가 있는 모양이야."

리나는 그런 시우의 말에 여유를 되찾았는지 실실 웃으면서 시우의 팔에 엉겨붙어왔다.

어느새 가까이 다가온 소라가 "너는 또 그렇게 부럽……!" 어쩌고저쩌고 소리치며 리나의 목덜미를 잡아끄는 바람에 떨어질 수밖에 없었지만 말이다.

"하지만 정말 저 복장으로 괜찮을까요?"

나나의 질문에 시우는 고개를 갸웃거렸다.

"응? 왜? 잘 어울리잖아."

"아니, 그게 아니고……."

나나가 뭔가를 이야기하려는 순간 리나가 끼어들었다.

"으응냐. 괜찮냐. 시우가 예쁘다고 말해준 옷을 갈아입고 싶지 않냐."

나나는 리나의 말에도 납득하지 못하고 뭔가를 걱정하는 표정이었지만 시우는 뒤이어 나타난 레이나의 모습에 리나의 복장에 관련된 문제를 완전히 잊고 말았다.

레이나는 성큼성큼 당당하게 들어온 것이 무색하게 시우와 시선이 마주치자마자 얼굴을 붉히며 주춤거렸다.

그런 그녀의 곁에는 평소와 같은 시녀복 차림의 루시아나가 보필하고 서 있었다.

레이나의 차림은 큐란 가에 있을 때와 크게 다르지 않았다.

화려한 장신구에 비싸 보이는 복장.

다만 큐란 가를 떠나오면서부터 평민이 입을 법한 일상복만 입어 와서 그런지 그 격차에 제법 어울린다는 생각이 들지 않는 것도 아니었다.

"자, 어때?"

"어떠냐고?"

"슈가 추기경에 임명된다고 하니까 특별하게 챙겨 입었다고. 그래서 어떤데?"

시우는 레이나의 질문에 당황하면서 말을 골랐다.

"응, 화려하네."

"…어?"

시우의 대답에 레이나는 뭔가 이상하다는 듯한 표정을 지으며 고민했다.

"…그거 칭찬이지?"

레이나의 질문에 시우는 잠시 뜸을 들이고 고개를 끄덕였다.

그런 시우의 대답에 레이나는 납득하지 못하는 모양이었다.

"갈아입고 올게."

레이나는 그렇게 말하고는 루시아나를 대동하고 밖으로 나갔다.

그런 레이나의 뒷모습을 눈으로 쫓고 있으려니 문 뒤에서 꾸물꾸물 거리는 인물이 시우의 시선에 들어왔다.

"어, 이제 남은 사람이라면……."

…아리에타?

아리에타는 시우의 목소리에 흠칫 몸을 떨고는 조심스럽게 문 뒤에서 나타났다.

양 손을 앞으로 깍지 끼어 꼼지락 거리는 모습이 소라나 리나가 그랬던 것처럼 부끄러운 모양이었다.

하지만 어째서?

소라는 스커트가, 리나는 평소와 다른 이미지가 익숙하지 않아 부끄러워했을 테지만 아리에타는 이런 예복이 오히려 평소의 복장보다 익숙할 텐데?

아리에타는 길게 기른 금발을 틀어 올렸으며 그렇게 드러난 목덜미는 그 목에 걸려있는 목걸이가 눈에 들어오지 않을 만큼 아름답고 매력적이었다.

평소엔 곧잘 그녀가 왕족이라는 사실을 잊곤 하지만 지금 이 순간만큼은 실감하지 않을 수 없었다.

아리에타는 공주다.

이 세계의 기준에서 생각하면 공주라고 모두가 꼭 아름다운 것만은 아니었지만 시우에게는 공주는 아름다운 여자라는 편견이 있었다.

그런 시우의 기준에서 아리에타는 두말할 것도 없는 공주였다.

처음 보았을 때도 어여쁜 얼굴을 하고 있다는 생각은 했었지만 복장 하나만으로 이렇게까지 바뀌는 것일까?

큐란 가를 방문할 때도 드레스는 입었지만 그 때와는 전혀 다른 느낌이 들었다.

역시 급하게 마련한 드레스가 아니라 제대로 차려입으면 이렇게 되는 걸까?

시우가 입을 떡하니 벌리고 감탄하고 있으려니 아리에타가 조심스럽게 물어왔다.

"어, 어떤가요?"

"…진짜 공주님이네."

"예? 무, 물론 진짜 공주예요."

"아니, 예쁘다고."

"예, 예? 아……."

아리에타는 시우의 기습 발언에 당황한 모습을 보였다.

그런 아리에타의 모습이 귀여워서 피식 웃음을 터트린 시우의 모습에 아리에타는 냉정을 되찾았다.

긴장을 풀고 조금은 당당해졌다.

나라가 무너진 뒤로 이런 공식적인 자리는 처음이었다.

지금까지 이럴 것이라곤 전혀 생각하지 못했지만 아리에타는 망국의 공주라는 신분에 부담을 느끼고 있었다.

과연 자신과 같은 인물이 이런 경사에 참여해도 되

는 걸까 걱정이 되었다. 사교회에 참여한 고위 인사들에게 스스로를 임펠스의 공주라고 소개했을 때 그들이 어떻게 생각할지, 어떻게 반응할지 걱정되었다.

그러한 부담감들이 단 한 마디 "예쁘다."에 흔적도 없이 사라지니 참으로 웃긴 이야기였다.

그 때, 성기사 한 명이 방문을 노크하고 들어왔다.

"곧 임명식이 시작됩니다. 일행분들은 먼저 입장해 식장 안에서 기다려주시고 슈 경께서는 교황성하의 개식 선언에 맞추어 입장해 주시기 바랍니다."

✤

나나의 안내에 따라 식장 안으로 입장한 일행들의 뒤로 다시 홀로 남은 시우는 때를 기다렸다.

그리고 잠시 후 마법도구를 사용했는지 식장 바깥까지 울리는 교황의 목소리가 들려왔다.

오늘은 경사스러운 날이다, 모두들 모여주어서 감사하다는 둥 뻔하고 장황한 이야기가 잠시 흘러나온 뒤에야 겨우 본론을 꺼냈다.

"오늘 이 자리에 여러분들을 모신 이유는 우리 베헬라 교단의 열 번째 추기경을 임명함에 따라 그를 소개하기 위해서입니다. 지금부터 체슈 경의 추기경 임명식의 개식을 선언하는 바입니다."

그리고 그 순간 식장의 입구가 벌컥 열렸다.

그러나 그것은 미리 들었던 식순이었으므로 시우는 당황하지 않았다.

태연함을 가장해 무표정으로 걸음을 옮겼다.

그리고 눈을 굴리며 식장 안의 사람들을 살펴보았다.

대부분이 시우의 얼굴을 확인하고 놀라는 모습이었다.

그도 그럴 것이 대부분의 추기경들은 나이가 많다.

보통 추기경에 임명되는 나이는 오십 전후로 그 때까지는 교단 내부에서 활동하며 이런저런 업적을 쌓아 명성부터 쌓는 경우가 일반적이기 때문이었다.

하지만 시우의 외모는 오십은커녕 아직 앳되어 보인다.

실제 육체 나이도 열여덟에 불과했고 동양적인 그의 외모는 그보다 좀 더 어려보일 정도였다.

그나마 잘 차려입은 옷과 적당한 키 덕분에 외모만큼 어려보이지 않을 뿐이었다.

그들은 초대장을 받으면서 미리 체슈라는 이름을 확인했었지만 그 누구도 그가 도대체 누구고 왜 추기경에 임명되는지 알 수 없었다.

그리고 지금 시우의 외모를 확인한 고위 인사 중 몇 몇이 경악한 듯 목소리를 흘렸다.

"검은 머리의 악마……!"

"알덴브룩의 악몽?"

남부만큼은 아니었지만 시우, 즉 체슈는 북부에서 도 나름대로 알려진 이름이었다.

특히 베헬라 교단의 고위 인사쯤 되면 알덴브룩 제 국, 즉 파일로스 교단의 일거수일투족이 신경 쓰일 수 밖에 없었다.

알덴브룩 제국에 대해서 조금만 조사해도 알 수 있 는 것이 바로 시우의 이름이었으니 그들이 시우를 알 고 있는 것도 이상하진 않았다.

그리고 시우의 소문에 붙어 다니는 또 한 가지 소문 을 떠올린 그들은 급하게 손을 들어 올려 입을 틀어막 았다.

알덴브룩의 악몽은 검은 머리라고 불리는 것을 싫어 하기 때문에 그의 면전에서 그렇게 불렀다간 피로써 대가를 치러야 한다는 이야기로 유명했기 때문이었다.

말을 안 듣는 어린 아이, 늦게까지 잠들지 않는 아 이들에게 들려주는 침상 위의 무서운 이야기처럼 퍼 져나간 헛소문이었지만 심성이 유약한 인물에게 겁을 주기엔 충분한 이야기였다.

그러나 그 와중에서도 체슈의 이름을 모르는 이들이 있었으니 조용히 퍼지기 시작한 귓속말은 금세 왁자지껄하게 바뀌어 갔다.

과장이 심하다고 웃는 인물, 그것이 사실이냐고 두려워하는 인물, 진실과 거짓 중 저울질을 하며 시우를 관찰하는 인물 등 반응은 천차만별이었지만 결국은 시우의 외모에 대한 이야기로 돌아왔다.

그 사이 좌중을 가르고 걸어가 교황 앞에 시우가 무릎을 꿇고 앉았다.

교황은 아직까지도 떠들썩한 좌중을 바라보며 홀을 슬며시 들어 쿵 하고 바닥을 찧었다. 그와 함께 퍼져 나간 죽음의 기운을 느낀 그들은 식은땀을 흘리며 입을 다물었다.

교황은 그 모습에 만족해하며 임명식을 재개했다.

워낙에 분위기가 어수선했기 때문인지 교황은 임명식을 서두르는 모양이었다.

시우에게 추기경으로서의 자세, 마음가짐, 행동, 책임, 의무 등에 대해서 설명한 뒤에 앞으로의 활동을 기대한다는 말로 이야기를 끝마친 교황은 칼집도 없이 쿠션 위에 놓인 검을 들어 직접 시우의 앞까지 다가와 건네주었다.

시우는 그것을 두 손으로 받아 미리 허리에 차고 있

던 칼집에 꽂아 넣고 일어났다.

"이로써 체슈 경은 공식적으로 베헬라 교단의 명예 추기경이 되었음을 선포하는 바입니다. 오늘은 경사 스러운 날이니 식장을 찾아준 분들께서는 술과 음식 을 만끽하시고 가시길 바랍니다."

그리고 잠시 후 악사들이 연주를 시작하며 음악이 식장을 매우는 사이 교황은 퇴장했다.

아무래도 그가 남게 되면 분위기가 무거워지기 때 문에 베푼 호의일 것이다.

마찬가지로 이 자리에 카렌이 없는 것도 그녀의 신 분이 성녀이기 때문일 테지.

베헬라를 믿는 신자들이 감히 교황과 성녀를 앞에 두고 술과 음식을 즐길 수는 없는 법일 테니까.

그것은 이해한다. 이해하지만 그래도 그렇게 나가 버릴 줄은 몰랐기에 시우는 당황했다. 지금 시우의 기 분을 묘사하자면, 그래…….

마치 적진 한 가운데 떨어진 일개 병사의 기분이었 다.

그게 아니라면 사방을 둘러보아도 모래밖에 보이지 않는 사막 한 가운데 홀로 남은 기분.

식장 한 가운데 덩그러니 서있는 시우의 기분은 그 러했다.

거북하고 불안한 심정으로 식장을 돌아보니 먼발치로 일행들이 눈에 들어왔다.

　그러나 그들은 쉽게 시우에게 다가올 수 없었다.

　임명식이 끝나는 순간 임명식에 초대된 손님들 중 몇몇이 시우에게 몰려가고 있었기 때문이었다.

　시우의 소문을 알고, 그것을 엿들은 손님들은 시우를 경계하며 구경만 하고 있었기 때문에 비교적 많은 사람들이 모여든 것은 아니었다.

　그러나 시우는 어리고 지금 이 순간 추기경이라는 높은 자리에 임명되었다.

　그것이 파일로스 교단과의 성전이 끝나기까지만 한정된 신분일지라도 성전에서 공적을 쌓으면 시우를 데려가려고 할 국가는 많았다.

　전쟁이 끝난 직후, 페르시온 제국의 황제는 시우를 호작위 이상의 귀족으로 임명하며 영지를 하사해 제국에 묶어두려고 할 것임은 어렵지 않게 추측할 수 있는 일이었다.

　물론 그것은 시우의 소문이, 그 능력이 진짜일 경우에 해당하는 일이었지만 그것은 지금부터의 대화로 차차 알아 가면 될 일이었다.

　지금은 이 시우라는 소년과 친해지는 일이 선결이었다.

많지는 않지만 그렇다고 적지도 않은 사람들이 시우에게 몰려왔다.

시우의 소문을 경계하면서도 그 능력이 진실이라면 감당할 만한 리스크라고 생각하는 인물들, 시우의 소문은 두렵지만 가문으로부터 반드시 친해지라는 명령을 듣고 임명식에 참여한 여성 귀족들이었다.

그리고 연달아 자기소개가 쏟아졌다.

"저는 페르시온 제국의 랑작위, 규탄 가문 쉬리스의 딸 규탄 피엔느라고 해요."

"저는 베헬라 교단의 명예 주교이신 페라스 시에스타의 자식 페라스 퀴서스라고 합니다."

"저는 베헬라 교단의 대사제……!"

"튀러스 왕국의……!"

"저는……!"

시우는 그들의 자기소개에 일일이 반응하며 대꾸해 주었다.

긴장된 분위기가 조금씩 풀려가는 것이 느껴졌다.

"저는 추기경에 임명되신다 하기에 나이 드신 분을 상상했는데 설마하니 이렇게 젊은 분일 줄은 몰랐지 뭐예요."

그리고 자기소개가 일단락된 순간 가벼운 농담으로 시우가 웃음을 터트리며 분위기는 고조되어 갔다.

약간의 궁금증을 해결하는 짤막한 대화가 오갔다.

이를테면 '고향은 어디냐.', '겉으론 어려보이지만 정말 어린 것이 맞느냐.', '진짜 나이가 어떻게 되느냐.' 하는 등의 질문이었다.

몇 차례의 질문에 시우가 순순히 대답하자 질문도 점차로 예민해져갔다.

이를테면 '성력이 없다고 들었는데 사실이냐?', '사실이라면 도대체 어떻게 추기경이 되었는가?' 하는 점이었다.

시우는 잠시 고민하다 성력이 없냐는 질문에는 수긍했지만 어떻게 추기경이 되었느냐는 질문에 대해서는 입을 다물었다.

물론 사람들은 의심을 품었지만 더 이상 그 질문에 대해서 캐묻지는 않았다. 어찌되었건 시우는 추기경이라는 높은 신분의 인물이었고 그를 불편하거나 불쾌하게 만드는 행위는 그들도 삼가고 싶은 일이었기 때문이었다.

그리고 그렇게 분위기가 무르익자 주변에서 서성이며 분위기를 살피던 손님들도 시우를 향해 몰려왔다.

시우와 친분을 쌓아둬서 손해 볼 것은 없기 때문이었다.

그렇게 시우가 쏟아지는 소개의 폭풍 속에서 이름

을 잊지 않으려고 노력하는 사이 주변에서 작은 소란이 일어났다.

추기경이었다.

그것도 시우가 알고 있는 인물.

수호 성기사들의 단장이며 2년 전 시우에게 패배의 쓴맛을 안겨 주었던 숀터 가레인이었다.

그는 약식 갑옷에 시우와 같은 붉은 망토를 어깨에 걸치고 당당하게 걸어왔다.

나나와 같이 호위 목적으로 참가한 것도 아니면서 허리춤에는 검까지 차고 있어 마치 싸움을 거는 듯한 분위기였다.

가레인은 시우의 정면에 와서 섰고 시선을 교환했다. 마치 시우가 어떤 인물인지 평가를 내리는 듯한 차가운 눈빛.

처음에는 당황했던 시우도 그가 시우를 가늠하고 있다는 사실을 깨닫고 가레인의 눈을 마주 노려보았다.

2년 전 시우는 가레인의 상대가 될 수 없었다.

그러나 지금은 다르다.

악사들마저 연주를 멈추고 마는 무거운 분위기가 식장을 매우고 잠시 후 가레인은 이상하다는 표정을 지었다.

내력이 전혀 느껴지지 않았다.

명예 추기경으로 임명되는 체슈라는 인물이 성력을 각성하지 않았다는 말은 이미 들어 알고 있었다. 그러나 파일로스 교단과 성전을 치르려는 이때에 추기경으로 임명할 정도의 인물이라면 나름대로 전투에 조예를 가진 인물일 거라 생각했었다.

그의 이름은 처음 들었지만 드문 경우는 아니었다.

산 속 깊은 곳에서 오로지 마법학의 연구 이해만을 반복해온 마법사가 어느 날 세상으로 나오는 경우나 논밭을 일구며 생활하던 검의 달인이 조국의 난세에 모습을 드러내는 일.

이 체슈라는 인물도 그런 경우라고 생각했다.

하지만 그렇게 생각하기엔 겉모습이 너무 젊었다. 심지어 내력이라곤 한 줌도 느껴지지 않으니 당황한 가레인은 시우를 앞두고 생각에 빠져버리고 말았다.

"…그런 거였군."

가레인은 한숨을 푹 내쉬었다.

그가 듣기로 체슈라는 인물은 이미 대륙 남부에선 유명한 인물이라고 했다.

그런데 그런 그에게서 내기가 전혀 느껴지지 않다니.

결국은 거짓이라는 말이었다.

남부에서 돌고 있는 소문이 거짓이거나, 눈앞의 소년이 남부에서 소문난 체슈와는 다른 인물이거나.

추측하자면 알덴브룩 제국에 수배된 진짜 체슈라는 인물은 이미 죽었고, 그 정보를 가진 교황은 제국의 수배지에 그려진 체슈라는 인물과 똑 닮은 소년을 추기경으로 임명해 '체슈는 살아있다.'고 체슈라는 인물을 두려워하는 알덴브룩 제국을 견제하고 베헬라 교단 신자들의 사기를 자극하는 것이겠지.

가레인이 알고 있는 교황이 할 법한 짓이었다.

물론 전투가 벌어지면 체슈가 가짜였다는 사실은 명백하게 밝혀질 테니 전투에 체슈는 이용하지 않는다. 그는 교황, 혹은 성녀를 보호한다는 명목으로 펠릭스 교황성을 지키고 있으면 되는 것이다.

그리고 성전이 끝나는 순간 체슈는 명예 추기경직을 박탈, 전투능력은 알려지지 않은 전투 혹은 암살 시도로 잃어버렸다고 소문을 흘리면 뒤처리는 아무 문제가 없게 되는 것이다.

이른 바 영웅 만들기다.

베헬라 교단은 지난 파일로스나 다인두스 교단과의 성전으로 뛰어난 성직자들을 다수 잃고 말았다. 그리고 페르시온 제국은 북부를 지배하는 통치자로서 오랜 평화를 지키고 있었다.

그것은 다시 말하자면 영웅이 없다는 뜻이었다.

아무리 능력이 뛰어나도 다툼이 없으면 이름을 알리지 못한다. 실제로 페르시온 제국에는 영웅의 재목으로서 마법이나 검술에 뛰어난 재능을 가진 자가 여럿 있었지만 그 이름은 별로 알려지지 않았다.

영웅은 평화가 아닌 난세 속에서야 비로소 빛나 보이는 법이었다.

거기까지 생각한 가레인은 약간의 오차는 있을지언정 크게 틀린 것은 아닐 것이라 확신했다.

시우에게 내력이 없다는 사실로 보아 짐작할 수 있는 것은 그것밖에 없었으니까.

물론 시우가 가레인보다 강하기 때문에 가레인이 시우의 내력을 느끼지 못했을 가능성은 있었지만 가레인은 피식 웃으며 고개를 저었다.

그도 그럴 것이 가레인은 베헬라 교단 최강의 성기사였다.

그는 지금까지 살아오면서 자신보다 강한 자를 본 적이 없었던 것이다.

가레인의 얼굴에 이내 실망의 감정이 떠올랐다.

기대했었다.

성전을 위한 새 전력이 교단에 들어온다는 소식에 가레인은 기대를 품었다.

듣자하니 성력도 각성하지 않은 자임에도 불구하고 명예직이기는 하나 추기경에 임명한다지 않은가.

그렇다면 분명 주위의 반대에 무릅쓰고라도 베헬라 교단에 데려오고 싶은 인재라는 소리가 아닐까.

어쩌면 자신과 동등, 혹은 그 이상의 검사일지도 모른다고 생각하니 가슴이 뛰어 어찌할 바를 몰랐다.

지루했다.

강하다는 것은 지루하다.

베헬라 교단 최강의 성기사라는 직함에 도전하는 애송이들은 많았지만 누구 하나 가레인의 가슴을 뛰게 해줄 실력자는 없었다.

도전자 중 8할이 일격에 쓰러졌고 약 2할이 이격까지 견뎠다.

페르시온 제국의 그 유명한 용기사로만 이루어졌다는 기사단이 있었다. 단 한 명, 그 기사단의 단원이 가레인의 검을 삼격까지 견뎠다.

어쩌면 그 기사단의 단장쯤 된다면 가레인과 좋은 승부를 벌일 수 있을 지도 모르겠지만 서로의 입장도 있고 아마 앞으로도 그와 결투를 벌일 수 있는 날은 오지 않을 것이다.

그런 따분한 나날을 보내던 어느 날 시우에 대한 소문을 들었다.

오랜만에 가슴이 설레인 가레인은 부하가 마련해온 사교복도 마다하고 이런 차림으로 사교회에 참석했다.

약식갑옷을 입고 허리춤엔 칼을 차고 비장한 모습으로.

만약 괜찮다면 언제라도 그와의 대련에 임할 수 있도록.

그러나 그런 것은 모두 헛된 꿈이었다.

가레인은 얼굴에 떠오른 실망을 감추고 마지막 궁금증을 풀기로 했다.

이 체슈라는 소년의 얼굴이 낯익었다.

분명 가레인은 체슈라는 인물에 대해 수소문을 해보긴 했지만 수배지를 직접 살펴본 것은 아니었다.

당연히 가레인은 체슈라는 인물을 처음 보았다.

낯에 익을 리가 없는 것이다.

"혹시 내가 너를 아나?"

가레인의 질문에 시우의 얼굴이 잔뜩 찌푸려졌다.

"설마 기억하지 못하는 건가?"

시우의 대답에 가레인은 그제야 확신할 수 있었다.

가레인은 시우를 만난 적이 있었다.

그러나 어디서 어떻게 만났는지는 전혀 기억나지 않았다.

가레인의 표정으로 그것을 짐작했는지 시우는 힌트를 던졌다.

"2년 전, 임펠스 왕국 제페스령에서."

그러나 시우의 힌트에 가레인은 더욱 알 수 없는 표정을 지을 따름이었다.

분명 떠오르는 얼굴은 있었다.

2년 전, 성녀님이 계시를 받고 출타하셨던 과거, 수호 성기사로서 보필하던 때에 적 세력의 잔당이라고 생각하고 어린 소년을 붙잡았던 기억이 아직 남아있다.

자세히 보면 그때의 소년과 눈앞의 청년이 닮은 것 같기도 했다. 무엇보다 둘 모두 검은 머리다.

검은 머리가 드문 헤카테리아 대륙의 기준으로 생각해 보자면 눈앞의 청년이 그때의 소년이라 생각해도 크게 틀리지는 않을 것이다.

그러나 그때의 소년은 분명 성력을 품고 있었다. 느껴지기론 마력으로 느껴지기도 했지만 사실 성력은 마력의 변질된 형태이기 때문에 성력과 마력을 혼동하는 경우는 자주 있었다.

어찌 되었든 그때의 소년은 분명 내력을 가지고 있었다. 그런데 눈앞의 청년에게선 아무것도 느껴지지 않았다.

그럼 무슨 이야기일까?

그때의 소년이 어떠한 사고로 성력을 상실했다는 소리일까?

가레인은 잠시 고민하다가 이게 다 무슨 소용인가 싶었다.

이미 시우를 향한 가레인의 관심은 사라진 지 오래였던 것이다.

그러나 만약 가레인이 좀 더 관심을 가지고 생각을 거듭했다면 3년 전의 계시가 최근 다시 내려왔다는 사실과 그 시기와 겹치듯이 추기경으로 임명된 시우의 존재에 의문을 느낄 수 있었을 것이다.

그러나 가레인의 생각은 그 전에 그쳤다.

더 이상은 아무것도 생각하기 싫다는 듯 모든 의욕을 잃고 말았다.

살벌한 기운이 뻗쳐 나왔다.

그것은 가레인을 중심으로 파문을 일으키고 있었다.

마치 '오늘은 충분히 짜증나는 일을 겪었으니 다음에 걸리는 놈에게 모든 짜증을 풀어주겠다.' 하는 자포자기의 기운이 풀풀 풍겨오는 살기였다.

시우의 주위에 몰려있던 빈객들이 주춤주춤 물러서기 바빴다.

시우도 '똥은 무서워서 피하는 것이 아니라 더러워서 피한다.'는 격언을 떠올리며 더 이상 관여하지 않기로 다짐했다.

어차피 과거에 뼈아픈 패배를 겪은 것이 좋은 추억도 아니었으니 상대가 잊어주었다면 그걸로 상관없다는 생각도 들었기 때문이었다.

그대로 등 돌려 식장을 떠나려던 가레인은 문득 생각났다는 태도로 시우를 바라보았다.

놈의 정체는 알 수 없지만 보통 능력도 없는 놈이 어울리지 않는 자리에 오르면 권력욕에 빠지기 마련이었다.

성력만 각성하면 성직자로 고용되는 교단의 성격상 그런 경우는 생각보다 많았고, 가레인은 그런 놈들을 수도 없이 보아왔다. 사제의 바로 윗계급인 대사제만 하여도 그런 경우가 허다한데 하물며 추기경이라고 한다면, 어떤 일이 벌어질 지는 눈에 훤했다.

게다가 녀석은 어디서 굴러먹다 온 놈인지도 알 수 없는 '가짜 체슈'가 아니던가.

"만약 네놈이 베헬라신의 이름에 먹칠을 한다면 나, 베헬라의 검이 널 찾아갈 것이다. 명예직이라고 해도 추기경은 추기경. 추기경이라면 그 이름에 어울리는 행동을 취하도록."

가레인은 그 말을 마지막으로 식장을 벗어났다.

'뭐야, 저건? 설마 같은 추기경이라도 선배라고 텃세라도 부리는 건가?'

그럴 가능성도 있겠지만 왠지 그런 느낌은 아니었다.

뭐랄까. 정말로 자신이 사고라도 칠까봐 걱정하는, 그리고 진심으로 경고하는 그런 모습이었다고 할까?

결코 좋은 기분은 아니었다.

자신이 도대체 무얼 했다고 저런 소리를 들어야 하난 말이다.

그러나 말을 한 본인은 이미 식장을 벗어나 사라지고 없었다.

시우는 뒤늦게 속 끓는 기분을 느끼고 혼자서 삭여야 했다.

마음 같아선 그 뒤를 쫓아가 따지고 싶었지만 이 사교회의 주인공은 시우였다. 주인공이 식장을 떠날 수도 없는 일이니 시우가 할 수 있는 일은 아무것도 없었다.

여러모로 당황스런 일이 아닐 수 없었다.

그런 기분을 느낀 것은 비단 시우뿐이 아닌 듯 가레인의 살벌한 기운에 흩어졌던 빈객들도 하나둘 시우의 곁으로 모이며 안부를 물어왔다.

가레인의 신분이 신분인지라 아무도 그를 나쁘게 말하는 사람은 없었지만 속으론 불쾌하게 여기고 있다는 것을 시우도 느낄 수 없었다.

어쩌면 시우와 친분을 쌓을 생각으로 그런 시늉을 하고 있을 지도 모르는 일이었지만 그것도 나쁘진 않았다.

원래라면 혼자서 삭여야 했을 기분을 남에게 위로받을 수 있다는 것은 좋은 일이니까.

특히나 고독에 익숙했던 시우에게 그것은 새로운 느낌이었다.

잠시 후 분위기는 다시 무르익고 폭풍과 같았던 가레인의 영향은 그림자도 남지 않았다.

그리고 애초 예상했던 대로 몇몇 여인들이 시우에게 춤을 신청하기 시작했다.

처음에는 멋쩍고 어색하여 뻣뻣했던 시우도 춤을 거듭하는 사이 익숙해지고 능숙하게 춤을 추기 시작했다.

시우의 춤은 완벽했다.

동작, 리듬감, 무게중심의 이동.

모든 요소가 완벽하게 맞물려 파트너에게 신비로운 체험을 안겨주었다.

마치 몸이 둥실 떠올라 허공을 부유하는 환상적인 기분.

그것은 시우의 이색적인 외모도 한 몫 하여 시우와 춤을 춘 여인들은 하나같이 얼굴을 붉게 상기시키고 두근거리는 가슴을 쓸어내리며 아쉬워할 정도였다.

특히 그 강건한 팔이 받쳐주는 안도감이란, 겉으로 보이는 비실비실한 모습과는 영 달라 그 격차에 저도 모르게 반하고 말 정도였다.

좀 더 오래, 한 번 더 시우와 춤을 추고 싶지만 시우와 춤을 추기 위해 줄을 선 여인들은 아직도 많이 남아 있었다.

시우는 지칠 줄도 모르고 계속해서 바뀌는 음악에 맞추어 돌고 돌고 또 돌았다.

그리고 식장 안의 모든 여성과 춤을 추지 않았을까 싶을 즈음에 순서는 돌아왔다.

레이나였다.

"어, 그 드레스는……."

화려했던 드레스와 장신구를 모두 벗어던지고 레이나가 입고 온 것은 순백의 수수한 드레스였다. 그러나 어째선지 웨딩드레스를 상기시키는 레이나의 복장은 아름답게 느껴졌다.

"…이번에는 어때? 설마 또 화려하다는 건 아니겠지?"

"응. 굉장히 잘 어울려."

"그, 그래?"

레이나는 시우의 칭찬에 살며시 뺨을 붉히고 우물쭈물하며 말을 꺼냈다.

"그럼 네게 나와 춤을 출 수 있는 영광을 안겨줄게."

시우는 그런 레이나의 모습에 저도 모르게 피식 웃음을 터트렸다.

그리고 얌전히 손을 내민 레이나의 모습에 시우는 그 손을 붙잡아 손등에 키스하곤 말했다.

"부디, 마이 레이디."

시우는 레이나의 허리를 끌어안고 춤을 추기 시작했다.

그리고 레이나도 앞서 시우와 춤을 추었던 영애들과 마찬가지로 두근거리는 심장을 주체할 수가 없었다.

시우는 뒤이어 소라와 아리에타, 그리고 에리카나 루리와도 춤을 추었다. 오로지 로이만이 '와앗!' 하고 시우와의 춤이 안겨주는 부유감에 신이 났을 뿐, 다른 여인들은 어째선지 춤만 추면 하나같이 입을 다물고 가슴을 쓸어내리기 바빴다.

그리고 시우 또한 전혀 모르는 여인들과 춤을 추는 것보다는 친한 일행과 춤을 추는 것이 즐거웠다.

이제 남은 춤 상대는 리나 뿐.

시우는 '한 번 더! 한 번 더!' 하고 외치며 즐거워하는 로이의 손을 꼭 붙잡고 리나를 찾아 식장을 둘러보았다.

그리고 그 순간 시우의 시야에 들어온 광경은 즐거웠던 시우의 기분을 망치기에 부족함이 없었다.

리나가 희롱당하고 있었다.

정확히 말하면 아직 열일곱 정도밖에 되어 보이지 않는 어린 소년이 리나의 가슴을 주무르고 있었다.

당연히 강인한 무투가이기도 한 리나가 가만히 당하고만 있지는 않았다.

손이 닿기가 무섭게 뿌리치고 정중히 하지 말라고 경고했다.

그러나 놈은 그만두지 않았다.

끈질기게 가슴이나 엉덩이를 향해 손을 뻗었고 리나가 계속해서 손을 뿌리치자 이내 언성을 높이며 협박하기 시작했다.

"네년 같은 수인족이 감히 내 손길을 거부해? 노예면 노예답게 행동하란 말이다. 그렇지 않으면 네 주인에게 말해서, 아니지. 널 직접 구입해서 엉망진창으로 만들 수도 있다고?"

그렇게 말하고는 음흉하게 웃는 모습이 정말 십대 소년이 맞나 싶을 정도였다.

리나의 태도에선 분명 그를 불쾌하게 여기는 감정이 여실히 느껴졌지만 리나는 이성적으로 대응했다.

"다시 말하지만 그만하냐. 나는 노예도 아니고 이 사교회에 초대된 엄연한 손님이냐."

그러나 그런 리나의 대응이 무색하게 놈은 코웃음을 치며 리나를 무시했다.

"수인족 따위가 다른 곳도 아니고 펠릭스령에서 열린 추기경 임명식에 손님으로 초대됐다고? 웃기지도 않는군. 모르겠어? 다른 곳에서는 뛰어난 신체능력 덕분에 너희 수인족들이 경외를 받을지도 모르지만 이곳은 펠릭스령이라고? 베헬라 교단의 땅이란 말이다. 신의 은혜를 받지 못하는 너희는 엄연히 인간의 하위종이라고! 그러니 너희 수인족들은 인간님이 하는 말을 듣고 '알겠습니다.' 하고 떠받들기만 하면 된단 말이다!"

놈은 말을 이어가면서 스스로 흥분했는지 손찌검을 하려 들었다.

물론 리나라면 그 정도 손길은 스스로 피할 수도 있었겠지만 시우는 참지 못해 끼어들고 말았다.

날아오는 놈의 손목을 허공에서 붙들었다.

조금 감정이 섞인 탓에 손목을 잡은 손에 힘이 들어갔다.

놈은 갑자기 나타난 시우의 모습에 놀라 뒷걸음질을 치려다가 신음을 흘렸다.

붙잡힌 손목이 너무 아팠다. 그 뿐 아니라 얼마나 강하게 쥐었는지 아무리 손을 잡아 빼도 빠지기는커녕 꼼짝도 하지 않았다.

"뭐, 뭐야. 너는!"

"저는 이번에 명예 추기경으로 임명된 체슈라고 합니다. 죄송합니다만 제 일행이 무슨 실례라도 저질렀는지요."

시우는 속으론 감정이 들끓었지만 일단은 감정을 다스리며 냉정하게 행동했다.

놈은 그제야 시우의 얼굴을 확인했는지 움찔하는 모습이었다.

명예직이기는 하지만 추기경이라는 위치는 결코 낮은 직분이 아니었으니까. 하지만 그것이 다였다. 잠시 움찔하는가 싶더니 오히려 기세등등한 모습으로 큰소리를 치기 시작했다.

"뭐? 일행? 이 수인족이 추기경의 일행이라고? 도대체 무슨 소리를 하는지 알 수가 없군. 네놈이 그려고도 성직자라고 할 수 있어?"

시우는 저게 무슨 소린가 싶었다.

그리고 잠시 생각에 잠긴 후에야 뒤늦게 깨달았다.

교단에서 유사인종을 차별하고 있다는 사실은 이미 알고 있었다.

그러나 알고 있는 것과 이해하는 것은 전혀 다른 문제였던 모양이었다.

차별. 진짜 차별을 당해보지 못한 시우는 그 단어를 가볍게 여기고 있었다.

하지만 깨닫고 보니 교단이 유사인종을 취급하는 차별은 결코 가벼운 것이 아닌 모양이었다.

이를테면 유사인종과 친하게 지내는 성직자는 성직자도 아니다.

그런 인식이 있는 것이다.

시우가 입을 다물고 있자 놈은 손을 빼내려고 끙끙거리다가 외쳤다.

"이거 놔!"

시우는 놈이 손을 잡아 빼는 타이밍에 맞춰 손을 놓았다.

워낙에 강하게 붙잡혀 있던 터라 손을 빼려고 넣은 힘도 강했기에 놈이 스스로의 힘을 주체하지 못하고 바닥에 널브러진 것은 당연한 결과였다.

놈은 사교회의 와중에 바닥에 쓰러졌다는 사실이 부끄러운지 얼굴빛이 붉그락푸르락 변했다.

그리곤 벌떡 자리에서 일어나 먼지를 털며 시우를 노려보았다.

"…그러고 보니 네놈은 성력도 각성하지 않았다지? 그래서 그런 더러운 종족과 붙어먹을 수 있는 거겠지. 빌어먹을 반쪽 성직자 놈. 네놈은 우리 아버지에게 말해서 직위해제 시켜주겠어."

시우는 리나를 '더러운 종족'이라 칭하는 놈의 말에 발끈했지만 오히려 더욱 차갑게 변하며 물었다.

"네 아버지가 누구기에?"

"흥! 이제야 좀 상황 판단이 되나 보군! 나는 대 페르시온 제국의 호작위이신 시라스 무한의 자식 시라스 마하다!"

놈은 거창하게 그리 말했지만 시우는 아무런 감흥도 없었다.

"호작위? 그 직위가 추기경보다 높은가?"

"아니, 그건……!"

"그런데 너는 본인도 아닌 그의 아들에 불과하면서 추기경인 나에게 큰소리를 치는 건가? 호작위의 아들이라면 너 자신은 자작위에 불과하지 않은가."

시우의 말에 마하는 인상을 찌푸렸다.

"아직은 자작위일 지 모르나 언젠가는 세습 받을 직위다! 그리고 시라스 가문은 베헬라 교단의 후원 가문이라고? 나를 업신여기면⋯⋯!"

"어떻게 되는데?"

시우의 눈빛이 한층 날카로워졌다. 그것은 더 이상 차갑다거나 하는 수식어가 어울리지 않는 눈빛이었다.

그 눈빛은 한 몸에 받은 시라스 마하는 순간 몸이 얼어붙는 듯한 공포를 경험했다.

그러나 시라스 마하의 입은 가만히 있을 줄을 몰랐다.

"그년은 수인족이잖아! 어째서 베헬라 교단의 추기경이 후원 가문의 세자인 내가 아니라 수인족 따위를 두둔하는 건데!"

시우는 더 이상 참지 못하고 놈에게 다가가 다리를 후렸다.

우에서 좌로 바닥을 쓸듯 후린 시우의 발에 걸려 넘어진 놈의 멱살을 붙잡고 있는 대로 살기를 피워 더 이상 입도 뻥긋할 수 없는 상태로 만들었다.

"잘 들어. 그녀가 수인족인지 인간인지는 아무런 상관도 없어. 그녀는 내 소중한 일행이다. 너 같은 애송이에게 더럽다는 소리를 들을 여자가 아니라고. 그리고 만약 내가 그녀와 친하게 지낸다는 이유로 추기경 직을 박탈당한다면, 그것은 오히려 내가 원하는 바다. 결국 베헬라 교단은 수인족 한 명을 포용할 도량도 없는 조직이었다는 뜻이니까. 하지만 이것 하나는 알아둬. 내 일행을 업신여긴다면 알덴브룩 제국이 악몽이라 부른 남자가 시라스 가문을 찾아갈 것이라는 사실을."

Respawn

NEO FUSION FANTASY STORY & ADVENTURE

40장.
각오

40장.
각오

리스폰

분위기가 바뀌었다.

리나가 성희롱을 당할 때는 재미있는 것을 보았다
는 듯 힐끗거리며 히죽이던 빈객들이 시우가 마하를
쓰러트리고 협박에 가까운 말을 퍼붓자 큰일이 났다
는 듯 웅성거리기 시작했다.

시우로선 이해할 수 없는 반응이었다.

리나가 성희롱을 당할 때 이런 반응이 나왔어야 하
는 것이 아닌가?

아니. 사실은 이해하고 있었다.

그러나 이해하기 싫었다.

시우의 대응은 저들의 입장에서 이단인 것이다.

어디까지나. 이곳에서 옳은 것은 마하이며 잘못한 것은 시우라는 뜻이었다.

문득 나나가 했던 말이 떠올랐다.

리나의 복장을 보며 그녀가 했던 말.

'하지만 정말 저 복장으로 괜찮을까요?'

그때 시우는 어울리니 괜찮지 않겠냐고 대답했지만 나나가 물었던 것은 그런 뜻이 아니었던 것이다.

아마 나나가 물었던 것은 귀나 꼬리가 보이지 않는 복장으로 갈아입는 것이 좋지 않겠냐는 뜻이었겠지.

아마도 나나는 그때 이미 이런 일이 벌어질 것임을 예감했을 것이다.

시우가 스스로의 부주의를 자책하는 순간 식장의 출입문이 벌컥, 부서질 기세로 열렸다.

"어떤 놈이냐! 이 살기는 도대체……!"

식장의 문을 열고 들어온 것은 가레인이었다.

시우에게 실망하고 식장을 한 번 떠났던 가레인이 시우의 살기를 느끼고 돌아온 모양이었다.

안 그래도 가레인에게 사고를 치지 말라고 신신당부를 들었던 터라 당황하고 말았다.

동시에 살기의 출처를 살핀 가레인도 당황하기는 마찬가지였다.

'어째서 내력도 없는 그가 이만한 살기를?'

그러나 당황한 시우와 가레인은 신경도 쓰지 않고 잠시 살기가 약해진 틈을 타 마하가 바닥을 기었다.

"가레인 경! 잘 와 주었소! 이 자가, 이 자가 감히 우리 시라스 가문에 협박을!"

가레인은 뒤늦게 바닥을 기며 다가오는 시라스 가문의 자제인 시라스 마하를 발견하고 얼굴을 찌푸렸다.

일단은 마하에게 다가가 그를 일으켜 세운 가레인은 시우를 노려보며 물었다.

"이게 어찌된 영문이지?"

"글쎄? 그 자에게라도 물어보지 그래."

시우는 떠올리기만 해도 기분이 나빠지는 순간을 스스로의 입으로 설명할 생각이 없었다. 또 사실을 왜곡해서 말할 것이 틀림없는 마하의 설명을 듣고 가레인이 어떤 반응을 보일지도 궁금했다.

시우는 마하의 행동으로 베헬라 교단이라는 집단에 회의를 느끼고 있었다. 하지만 시라스 가문이 베헬라 교단의 후원 가문이라고는 해도 따지고 보면 문외한에 불과했다.

때문에 시우는 교단의 인물인 가레인의 행동을 관찰하여 베헬라 교단을 시험하려는 생각이었다.

과연 정말로 믿고 따라도 될 집단인지 아닌지. 말하자면 가레인은 그 시험에서 베헬라 교단의 의사를 대변할 대리자로 뽑힌 것이다.

가레인의 신분은 베헬라 교단의 추기경. 성녀와 명예직인 시우를 제외하면 교단에서 열 손가락 안에 들어가는 인물인 것이다.

교단을 대표할 자격은 충분했다.

가레인이 정황을 묻자 잠시 당황하던 마하는 이렇게 대답했다.

자신은 파티를 즐기며 시녀로 보이는 수인족에게 수발을 명령했는데 감히 수인족 주제에 자신의 명령을 거절했다고, 그 뿐 아니라 시우는 베헬라 교단의 명예 추기경으로 임명된 주제에 후원 가문인 자신이 아니라 수인족을 두둔했다고.

성희롱을 했던 사실은 아무래도 뒤가 켕기는지 사실을 숨겼지만 딱히 크게 틀린 말은 하지 않았다. 아마 보는 사람이 많은 만큼 주변 시선을 신경 쓴 모양이었다.

지금도 언성을 높이며 추기경이 수인족을 두둔하는 것이 도대체 말이 되는 일이냐고, 이 일은 반드시 아버지에게 보고하겠다고 난동을 부리고 있었지만 시우가 정정할 만한 말은 하지 않았다.

"이 말이 사실인가?"

시우는 어깨를 으쓱했다.

"몇 가지 사실을 숨기긴 했지만 딱히 틀린 말을 하

진 않았군."

시우의 능청스러운 태도에 가레인은 더러운 것을 보았다는 표정을 하고 있었다.

"죄를 지은 주제에 참으로 당당하군. 언젠가 이런 일이 생길 것이라곤 생각했지만 이리도 빨리……."

그렇게 중얼거린 가레인은 허리춤에 차고 있던 검을 뽑아들었다.

드래곤 스케일과 드래곤 본을 가공하여 만든 붉은 검이었다.

"그것이 베헬라의 검을 자처한 당신의 선택인가?"

능청스럽던 시우의 표정이 싸늘하게 식어갔다.

"나는 미리 경고했다. 네놈이 베헬라신의 이름에 먹칠을 한다면 내가 널 찾아가겠다고."

"베헬라의 이름에 먹칠을 한다면, 이라. 그렇다면 내 죄는 무엇이지? 후원 가문의 자제를 공갈한 것? 그것이 아니면 수인족을 두둔한 것? 어느 쪽이지?"

"전부다! 고작 수인족 따위를 두둔한답시고 시라스 가의 자제를 공갈하다니 베헬라 교단의 추기경으로서 있을 수 없는 일! 자, 검을 뽑아라. 네게 기회를 주마. 만약 여기서 나를 검으로 꺾는다면 방금 있었던 일은 없었던 일로 해주마! 어서!"

시우는 한숨을 푹 내쉬었다.

어쩌면 교단의 인물은 다를지도 모른다고 생각했지만 훌륭할 정도의 차별이었다.

"고작 수인족 따위라고······."

이 정도로 시원스럽게 차별을 하니 헛웃음까지 나올 지경이었다.

시우는 검을 뽑아들었다.

그것은 시우의 주무기인 리네가 아니었다.

교단의 명예 추기경으로 임명되면서 교황으로부터 하사받은 붉은 날의 검이었다.

아마 재질은 가레인이 들고 있는 검과 같은 것일 터였다. 드래곤 스케일과 드래곤 본을 가공해 만든 최고급의 검.

그러나 시우에겐 아무런 의미도 없는 물건이었다.

시우는 손날에 아우라를 입히고 그것을 후려쳤다.

검면을 향해 온 힘을 다해서.

그 결과 검은 최고급 재료를 사용해 만들었다는 사실이 믿기지 않을 정도로 가볍게 잘려나갔다. 시우는 검신이 잘려나가고 없어진 자루마저 바닥에 던지며 가레인을 보았다.

빈객들이 놀라 웅성거리는 소리가 들려왔다.

아마 그것은 시우가 맨손으로 검을 부러트린 능력보다도 교황에게 하사받은 검을 고의로 망가트렸다는 사실에 경악하는 소리들일 것이다.

그들과는 다르게 가레인은 시우의 능력에 놀라고 있었다.

시우가 일으킨 살기를 느낀 순간부터 혹시 하고 의심은 하고 있었다.

그래서 검을 뽑으라고, 자신을 꺾으면 용서해 주겠다고 도발을 해봤다.

그 결과 시우에게 내력이 숨겨져 있다는 사실을 알 수 있었다.

이것은 가레인에게 충격적일 수밖에 없었다.

자신이 느끼지도 못할 만큼 내력의 통제력이 뛰어나다고?

식었던 열망이 다시 타오르기 시작했다.

모두가 이런저런 이유로 놀라는 사이 시우가 입을 열었다.

"베헬라는 저 높은 곳에서 이곳을 내려다보며 무슨 생각을 할까?"

"그게 무슨 소리지?"

"베헬라 교단을 물질적으로 후원하는 대가로 교단 내에서의 영향력을 허락한다는 것은 시점만 달리하면 신앙심을 돈으로 파는 짓이 아닌가? 그리고 분명 베헬라는 유사인종들에게 성력을 허락하지 않았지만 그들

을 배척하는 행동에 대해서는 과연 용인하고 있겠냐
는 뜻이지."

"그건 당연히……."

"성력을 허락하지 않는 것이 용인하고 있다는 증거
라고? 성녀를 통해 차별을 금하는 계시가 내려오지 않
는 이상 괜찮다고? 이건 내 상상에 불과하지만 말이
지. 너희의 생각은 틀리다고 생각해. 분명 이 세계의
신들은 인간만 잘 산다면 유사인종이 어떻게 되든 신
경 쓰지 않을 거야. 그들은 인간들에게 더 좋은 세상
을 만드는 것밖에 관심이 없거든. 그러니 유사인종을
노예로 부림으로써 인간이 누리는 삶의 질이 높아진
다면 신은 제재하지 않겠지. 하지만 그렇다고 너희가
유사인종을 노예로 부려야 한다는 것은 아니야. 원력
을 다루는 것에 능통하고 정령을 부릴 수 있는 알테
인, 합금 제작과 전투에 뛰어난 포스칸, 그 외 하늘을
날거나, 오감이 뛰어나거나, 뛰어난 육체능력을 가지
고 있는 등의 수인족과의 화합을 통해 인간이 누리는
삶의 질을 높일 수단은 얼마든지 있지 않을까?"

시우는 잠시 입을 다물고 가레인의 반응을 기다렸다.

"…헛소리."

가레인은 단언했다.

"그것은 꿈이나 꾸는 듯한 잠꼬대에 불과하다. 그런

소리는 자면서하고 지금은 검을 들어라. 지금부터 나눌 대화는 검으로밖에 나눌 수 없으니."

시우는 남아있던 기대를 전부 지웠다.

더 이상 베헬라 교단에는 아무런 희망도 남지 않았다.

시우가 높은 신분을 원했던 것은 이러한 사건들을 피하고 싶어서였다.

자신의 동행들이 무시당하고 피해를 보는 것이 싫었으니까. 적어도 자신의 신분이 높아지면 그 동료들도 백안시하거나 업신여기는 일은 없을 거라고 생각했다.

하지만 그렇지 않았다.

시우는 추기경이라는 높은 신분을 손에 넣었지만 자신의 동료는 수인족이라는 이유만으로 백안시하고 업신여기고 있었다.

이것은 이미 사회의 규율로서 자리를 잡아버리고 만 것이다.

대화로는 고쳐볼 수도 없을 정도로 깊게 뿌리박은 것이다.

이 순간만큼은 마롱 베네모스의 심정을 이해할 수 있을 것도 같았다.

이것을 고치려면 규율의 배경이 되는 사회를 밑바닥부터 뜯어고쳐야 하는 것이다.

말 그대로 사회를 파괴해 처음부터 다시 만들거나 아니면 사회의 정상에 서서 오랜 시간을 들여 사람들의 인식을 근본부터 바꿔나가야 하는 것이다.

시우는 한숨을 내쉬며 고개를 저었다.

순간 베네모스의 심정도 이해된다는 생각을 하긴 했지만 베네모스와 시우는 근본적으로 달랐다.

사회를 파괴해 처음부터 다시 만들어?

그렇게 해서 만든 사회는 어차피 또 다른 차별을 낳을 뿐이었다.

시우가 원하는 것은 인간과 유사인종의 상하관계가 아니었다.

화합을 통한 종족간의 평등이 이루어진 세계.

그렇게 생각을 정리하고 보니 분명 이상향이라고 불릴만한 꿈같은 소리가 되긴 했지만 불가능한 것은 아닐 것이라고 믿었다.

과거에 만연했던 인종차별주의가 현대에 이르러 조금씩 사라지기 시작한 것처럼 유사인종을 향한 인식도 그렇게 바뀔 수 있다는 믿음이었다.

물론 그것은 분명 어렵고 지름길 따위는 없는 오랜 여정이 되겠지만 말이다.

그 첫걸음으로 시우는 인간과 유사인종의 화합이 이루어진 미래의 예시를 보여주기로 했다.

시우가 허공에서 검을 꺼냈다.

"내가 이 세계에 떨어지고 아무것도 모르던 시절, 나에게 말과 검술, 그리고 세상사는 법을 가르쳐 준 것은 포스칸이었다. 그들은 물의를 일으키고 마을을 떠나가는 나에게 검을 선물해 주었지."

그것이야말로 시우가 주무기로 사용하는 리네.

세실강 한손검이었다.

"포스칸과 어울려 생활하면 그들의 비전 검술이나 합금 기술을 공유할 수 있게 되겠지."

시우는 포스칸 기초 검술을 이용해 가레인을 공격해 들어갔다.

가레인은 시우가 공격하기 위해 다가오는 동작을 전혀 인식하지 못해 당황했다.

서둘러 검을 들어 올려 공격을 막아내고 반격을 시도했다.

"나는 그 후로 많은 검술을 익혔지만 포스칸 기초 검술만큼 기본이 탄탄한 검술은 본 적이 없어."

가레인의 공격에는 막강한 원력이 실려 시우를 힘으로 찍어 누르려 하고 있었다.

하지만 시우는 포스칸 기초 검술을 이용해 가레인의 검을 최적의 궤적으로 막아내고 오히려 역습을 가했다.

가레인은 보통 당황한 것이 아니었다.

가레인이 내재한 원력의 양은 278포인트. 지금 그가 검에 실은 원력의 양은 약 100포인트에 해당하는 것으로 이 검을 삼격 이상 버텨낸 사람은 지금까지 전무했다.

그러나 시우는 이격을 거뜬히 버텨냈을 뿐 아니라 반격까지 해왔다.

지금까지 겪어본 일이 없었던 만큼 반격을 당한 가레인은 화들짝 놀랐다. 그 탓에 저도 모르게 뒤로 뛰어오르며 거리를 벌리고 말았다.

그런 가레인의 모습에 시우는 검을 쥔 오른손을 들 생각도 하지 않고 왼손을 가레인에게 뻗고 있었다.

"그리고 알테인들은 놀라울 정도로 원력을 다루는 능력이 뛰어나지. 나는 그들에게 그 방법을 배웠다."

말을 마친 시우의 손에 하얀 빛이 모여들었다.

원력이었다.

가레인의 검을 상대할 때는 자중하여 80포인트 가량의 원력밖에는 사용하지 않았지만 이번에는 전혀 억제하지 않은 시우의 능력이 밀집되어 있었다.

가레인은 그것을 바라보며 시우가 자신을 상대로 봐주고 있었다는 사실을 깨달을 수 있었다. 깨닫지 않을 수 없었다. 그도 그럴 것이 시우의 왼손에는 가레인이 뒤로 뛰어오른 아주 짧은 사이 이미 200포인트 가량의 원력이 모여 있었으니까.

심지어 시우는 그것을 쏘아냈다.

"헉!"

전혀 예상치 못했던 그 공격은 가레인의 머리털을 태우고 스쳐지나가 식장의 창문을 부수고 바깥으로 날아가 버렸다.

그것은 식장에서 조금 떨어진 공터에 떨어지며 폭발음을 일으켰고 그 충격은 이곳까지 전해져 바닥이 은은하게 진동하고 있었다.

"원력을 쏘아 내다니?"

분명 그것은 알테인밖에 하지 못한다고 알려진 기술이었다.

"그리고 분명 인간은 정령을 만들지 못할지도 몰라. 하지만 알테인이 만들어낸 정령을 인간이 계약하는 것은 가능하지."

시우는 아이템창을 열어서 그 안에서 잠들어있는 바람의 신령, 리카를 불러 깨웠다.

리카는 주위의 공기를 빨아들이듯이 허공에 모습을 드러내 그 존재감을 과시했다.

그 광경을 넋 놓고 바라보던 가레인은 간신히 정신을 차리고 눈을 부릅떴다.

확실히 시우는 강하다. 그러나 아직 승부가 난 것은 아니었다.

"하압!"

가레인은 기합을 내지르며 시우를 향해 뛰어들었지만 바람의 최고위 정령인 리카가 만들어낸 바람의 장벽은 부술 수가 없었다.

분명 가레인의 최대 원력을 전부 쏟아낸다면 언젠가는 리카도 힘을 다해 장벽은 사라질지도 모른다. 그러나 그런 방법을 취하면 결국은 가레인도 모든 원력을 소모하고 말 것이다.

시우는 아예 들고 있던 리네를 아이템창 속에 넣어 버렸다.

더 이상은 검을 들고 있을 필요도 없다는 듯이.

"이것이 네가 무시한 유사인종과 화합을 이룬 인간의 힘이다."

가레인은 바람의 장벽에 막혀 어쩌지도 못하는 스스로의 무력함을 느끼고 더 이상 검을 휘두를 수 없었다.

'이게 정말 인간의 힘이란 말인가?'

가레인은 믿을 수 없었다.

베헬라 교단 최강의 성기사인 자신이 같은 인간을 상대로 이토록 일방적으로 당할 리가 없다고 현실을 부정했다.

그러나 시우는 어떻게 보아도 인간의 모습을 하고 있었고, 가레인이 그에게 패배했다는 사실도 변치 않는 사실이었다.

"정말로……."

가레인은 주저하며 입술을 꾹 깨물었다.

"정말로 인간은 그렇게까지 강해질 수 있는 건가? 단지 유사인종과 화해한다는 것만으로?"

"인간의 강점은 배움과 욕심이라고 나는 생각한다. 유사인종과 친하게 지낼 수만 있다면 인간은 유사인종의 기술을 배우려 욕심을 낼 테고, 그렇게 익힌 기술들은 다음 세대로 물려져 가겠지. 인간이 지금보다 강해질 가능성은 얼마든지 있다."

시우의 대답에 경악 속에서 입을 다물고 있던 빈객들이 다시 술렁이기 시작했다.

시우가 부린 리카의 힘에 의해 식장은 이미 엉망이 되어 있었고 빈객 중 몇몇은 이미 모습이 보이질 않았다. 아마 호위를 부르러 갔거나 상황이 심상치 않아 몸을 피신시킨 것이겠지.

시우의 확신 어린 말투에 빈객들은 야유했다.

방금 전까지만 하더라도 어떻게든 시우와 친분을 쌓으려 하던 자들이 잠깐 사이에 태도가 바뀐 것이다.

이미 그들은 느낀 것이다.

시우는 베헬라 교단에 남아있을 수 없다는 사실을.

그것이 뜻하는 것은 시우는 더 이상 추기경도 아닐 뿐더러 베헬라 교단의 적이 될 가능성마저 내포하고 있다는 것이었다.

"그 입을 닥쳐라!"

"감히 어느 면전에서 그런 소리를!"

"더러운 유사인종들의 힘 따위는 우리 베헬라의 신자들에게는 추호도 필요가 없다!"

분명 시우는 교단의 최강자인 슌터 가레인을 압도적인 무력으로 제압했다. 그 무위가 탐나지 않는 것은 아니었지만 그들의 뿌리는 어디까지나 베헬라 교단에 박혀 있다.

교황이 하사한 검을 모두가 보는 앞에서 부러트리고, 교단의 교리와 체계에 정면으로 대항하는 듯한 소리를 지껄이는 시우와의 화목은 더 이상 있을 수 없는 것이다.

시우는 그런 그들을 싸늘한 눈빛으로 둘러보며 입을 다물게 만들면서도 속으로는 안타까운 마음으로 가득했다.

시우는 어느 한 단체에, 사회에 속한다는 사실만으로 가슴이 부풀어 있었다.

이 세계에 오게 되면서 친해진 사람은 많지만 어느 한 조직에 몸을 의탁한 일은 없었으니까.

언제나 몸이 가는 대로 마음이 흐르는 대로 행동해왔으니 어딘가에 소속될 여지가 없었다. 그렇기 때문에 정착할 수 있는 곳을 찾았다는 사실은 본인의 뜻이 아니었다 하더라도 시우의 마음에 안정을 찾아주는 역할을 했던 것이다.

하지만 그것도 끝이다.

시우는 베헬라 교단에 남은 미련을 모두 지워버렸다.

"루리, 로이."

시우는 루리와 로이를 부르고 눈짓을 했다.

더 이상 이곳에 남아있을 이유도 없으니 식장을 떠나려는 속셈이었다.

다만 아리에타 일행이나 레이나를 부르지 않은 것은 그들에게는 그들의 사정이 있기 때문이었다. 루리와 로이는 기댈 곳이 시우밖에 없으니까 데려갈 수밖에 없지만 그들은 페르시온 제국 내에서 강한 영향력을 지닌 베헬라 교단과 척을 질 수 없는 사정이 있었으니까.

그러나 그런 시우의 걱정과는 다르게 그녀들은 아무런 망설임도 없이 시우의 곁으로 다가왔다.

시우와 함께 하기 위해서라면 교단과 척을 지는 것도 거리끼지 않는 그녀들의 모습에 시우는 따듯한 감정이 치밀어 올랐지만 겉으로는 내색하지 않으며 출구를 향했다.

그런 시우의 모습에 아직 식장에 남아있던 호위들이 시우의 앞길을 막아서려 했다.

방금까지만 해도 시우는 그들이 함부로 말도 걸 수 없는 추기경의 신분이었지만 시우가 스스로의 검을 꺾는 순간부터 적이 된 셈이나 마찬가지였다.

베헬라 교단에 반대되는 사상을 떠들고 식장을 엉망진창으로 만들어 놓았으니 사교회의 호위로서 모인 그들로서는 시우를 막아설 수밖에 없었던 것이다.

단지 그들 가운데서 오직 나나만이 머뭇거릴 뿐이었다.

시우는 출구를 막아서는 성기사들의 모습에 전신의 마력을 개방했다.

베헬라 교단의 고위 인사들은 세계 각국에 퍼져 있었다. 비록 시우의 추기경 임명식에 참여한 사람은 그 가운데 비교적 가까운 곳에 있었던 일부에 불과하지만 시우의 임명식이 결정되고 빈객들이 모이기까지는 적지 않은 시간을 필요로 했다.

그 가운데 시우는 결코 시간을 죽이고만 있었던 것은 아니었다.

시우는 그 시간을 브로딕스의 드래곤 하트에 잠들어 있는 마력을 흡수하는데 사용했다.

그로 인해 현재 시우가 보유한 최대 마력량은 무려

325만 포인트.

무려 1천살의 드래곤과 동등한 수준이었다.

400년 이상의 세월을 살아온 드래곤 둘의 드래곤 하트를 모두 흡수한데다가 최대 마력량을 무려 20퍼센트나 상승시켜주는 반지 아이템 덕분이었다.

가레인은 갑자기 나타난 듯 식장을 가득 메운 마력을 느끼고 소스라치게 놀랐다.

원력량과 그 출력, 그리고 통제력에서 가레인은 시우의 발치에도 미치지 못했다. 그것만 해도 시우의 능력을 도무지 믿을 수 없었는데 마력은 더욱 말이 되지 않았기 때문이었다.

가레인도 지금까지 살아오며 드래곤은 몇 차례나 보아 왔다.

젊은 시절, 재능은 인정받으면서도 실력에 대해 의심을 받을 때였다. 가레인은 보다 빨리 교단의 인정을 받고 싶었고 실력을 증명하기 위해 교단 개최의 드래곤 사냥에 참가한 적이 몇 번 있었기 때문이었다.

그러나 그 때 보았던 드래곤들은 기껏해야 2, 300세의 드래곤이었고 또한 동면중이기 때문에 지니고 있던 마력의 1할에서 3할밖에 사용하지 못했다.

지상 최강의 생물, 반신 등의 호칭으로 불리며 경외받는 드래곤이라도 결국은 고작 이 정도에 불과하다고 얕보고 비웃었던 기억이 아직도 생생했다.

그런 드래곤들은 지금의 시우와 비교하면 어쩌면 드래곤이 아니었던 것일까 의심이 들 정도였다.

이가 딱딱 소리를 내며 떨리고 다리는 지면에서 떨어지질 않았다.

자신의 몸이 머리에서 내리는 명령을 듣지 않았다.

과연 가레인의 평생에 이토록 두려움에 떨었던 적이 있었던가.

하지만 우습게도 그런 가레인과는 다르게 성기사나 빈객들은 그다지 두려운 기색이 아니었다.

분명 그 강렬한 기운에 놀라긴 하는 모양이었지만 그것이 너무 막연해서 얼마나 대단한 것인지를 아직도 깨닫지 못하는 모양이었다.

이를테면 아무리 거대한 산이라도 코앞에 놓고 보면 그 크기를 전부 가늠할 수 없는 것처럼.

"머, 멈춰라!"

가레인이 필사적으로 외쳤다.

금방이라도 시우에게 달려들 것처럼 태세를 갖추던 성기사들이 의문어린 표정으로 가레인을 바라보았다.

"길을 내어줘라."

가레인의 말뜻을 이해하지 못한 성기사 한 명이 두

눈을 부릅떴다.

"하지만 가레인 경!"

"닥쳐라! 그는……, 그는 우리의 상대가 아니란 말이다."

가레인은 말을 마치며 고개를 떨어트렸다.

그리고 뒤늦게 그의 말을 이해한 성기사들도 놀람을 감출 수 없었다.

그는 '너희'라는 단어 대신 '우리'라는 표현을 선택했던 것이다.

시우가 강한 것은 안다. 하지만 사교회를 지키기 위해 모인 스무 명의 성기사와 베헬라 최강의 성기사인 가레인이 힘을 합치면 다소의 희생은 있을지언정 막을 수 있을 것이라고 확신하고 있었다.

그러나 가레인은 말했다.

'우리'는 그의 상대가 아니라고.

그제야 성기사들은 시우의 끝을 알 수 없는 마력에 두려움을 품을 수 있게 되었다.

주춤주춤 자리를 비켜서는 성기사들의 모습에 시우는 힐끗 가레인을 바라보았다. 시우의 시선을 느낀 가레인의 몸이 뻣뻣하게 굳었다. 시우는 곧바로 가레인을 향한 관심을 끊고 바깥으로 나갔지만 가레인은 그 일순이 억겁과 같이 길게 느껴졌다.

가레인은 시우가 식장을 빠져나간 뒤로도 그렇게 한참을 굳어있었다.

그가 남긴 마력의 잔재가 마치 그가 아직도 그 자리에 서서 지켜보는 듯했기에.

시우는 식장을 나와 건물을 벗어나는 와중에도 몇 번이나 성기사 무리와 마주쳐야 했다.

먼저 몸을 피신시킨 빈객들이 시우가 하사된 검을 부순 것이나 수인족을 두둔하며 후원 가문의 자제인 시라스 마하에게 폭력을 휘두른 것을 고발했기 때문이었다.

식장은 야경이 아름답게 보이는 건물 2층에 있었고 또한 복도는 쓸데없이 긴 탓에 마주치는 성기사마다 수면 마법으로 제압하던 시우는 금방 질려버리고 말았다.

시우의 감각으로 감지되는 성기사들의 수는 결코 적지 않았다.

물론 시우의 마력이 있으면 성기사들의 마법 저항을 감안해 마력 소비량을 늘린다 하더라도 모든 성기사들을 비살상 제압하는 것이 가능하겠지만 너무 귀찮았다.

또한 어차피 베헬라 교단에는 아무런 미련도 남지

않았지만 너무 큰 소란을 일으키는 것도 좋지는 않다는 생각도 들었다.

이미 사태는 심각할 대로 심각해 졌지만 여기서 시우가 모든 성기사들을 제압하고 유유히 걸어 나가면 시우를 위협으로 판단하고 적대할 지도 모르는 일이었으니까.

소란을 최소화하기 위해서라도 지금은 최대한 전투를 피하는 것이 좋다고 생각했다.

"리카."

시우의 부름에 모습을 감추고 있던 리카가 나타났다.

지금까지 이유가 있어 리카의 존재를 숨겨왔던 시우였지만 이미 가레인과의 전투에서 리카를 꺼내보였던 시우가 더 이상 리카를 숨겨둘 이유는 없었다.

"이곳에서 벗어나자."

시우의 명령에 리카는 시우를 비롯한 일행을 바람의 장벽으로 감싸며 창문을 통해 하늘로 날아올랐다.

시우 일행의 수는 처음 리카를 타고 날았던 때보다 3배로 늘어 있었지만 그 비행 속도는 처음과 비교해도 결코 뒤떨어지지 않았다.

성력을 지닌 신관과 성기사들도 하늘을 날 수는 있었지만 리카를 따라올 실력자는 아무도 없었다.

리카가 바닥에 착지한 것은 그로부터 10분가량이

지나서의 일이었다.

하늘을 날아올 때만 해도 침묵을 지키던 리나는 바닥에 내려서자마자 시우를 노려보며 외쳤다.

"왜 그랬냐! 내가 왜 가만히 참고 있었는지 모르냐?"

"알지. 아니까 참을 수 없었어."

시우는 리나의 고함에 그렇게 대답했다.

리나의 성격상, 그런 자리만 아니었다면 가만히 참고 있을 리가 없다.

어쩌면 성추행을 시도한 놈의 손목을 꺾어버렸을지도 모를 일이지.

그런 리나가 참았다.

왜? 시우의 임명식이니까.

이제부터 추기경에 임명되는 시우에게 흠을 남길 수 없었다. 언제나 자유롭게 행동하던 리나가 시우를 위해서 스스로의 성격을 죽였던 것이다.

시우는 오히려 그런 리나의 모습을 더 참을 수가 없었다.

추기경이라는 신분은 동료들을 위한 것이었는데 그 결과가 리나의 자유를 빼앗는 것으로 나타났으니 그 사태에 의문을 느끼지 않을 수 없었던 것이다.

시우는 결코 그런 속내를 드러내진 않았지만 리나

는 시우의 강직한 시선과 마주하는 사이 자신도 모르게 한숨을 내쉬곤 화를 털어낼 수밖에 없었다.

아니, 애초에 리나는 겉으로 보이는 것처럼 심하게 화가 난 것은 아니었다. 오히려 자신을 위해서 그렇게까지 화를 내준 시우의 행동에 감격까지 느꼈다. 그러나 화를 내지 않을 수 없었다.

단지 자신이 추행을 당했다는 이유로 추기경이라는 자리를 포기하고 심지어는 교단을 적으로 돌리는 발언까지 했으니 그의 미련함에 저도 모르게 울컥했을 뿐이었다.

리나의 문제가 해결된 듯하자 시우가 시선을 돌린 것은 아리에타와 레이나였다.

"너희가 나를 따라와 준 것은 고맙게 느끼지만 정말 괜찮겠어? 너희는 페르시온 제국과 친분을 쌓아야 하는 입장인데……."

아리에타는 모국의 재건을 위해서.

레이나는 가문을 지키기 위해서.

그러나 그녀들은 시우의 뒤를 따라올 때처럼 한 치의 망설임도 없었다.

"시우 씨가 말했듯이, 페르시온 제국에서 시우 씨를 대적한다면 그것은 제국이 한 명의 수인족을 포용할 도량도 없는 국가라는 뜻이니까요."

"오히려 슈가 화내지 않았다면 실망했을 거야."

시우는 이것이 그녀들의 말처럼 간단한 문제가 아니라는 것을 안다.

그리고 아마 그녀들도 알고 있겠지. 속으로는 불안으로 떨고 있을 것이 틀림없다.

그만큼 그녀들이 짊어지고 있는 것은 작은 것이 아니니까.

시우는 새삼 그녀들의 존재에 감사함을 느꼈다. 또한 시우의 마음속에서는 죄책감이 함께 떠오르고 있었다.

그녀들은 시우를 이토록 지지해주고 있는데 시우는 그녀들에게 감추고 있는 것이 너무 많았다.

시우의 시선이 소라와 에리카를 향했다.

그녀들이 시우를 따라와 준 것은 고맙지만 앞으로도 계속 행동을 같이 할 지는 아직 숨기고 있는 마지막 비밀을 밝히고 의논을 나눠야 할 필요가 있었다.

그런 시우의 생각을 감안했는지 소라가 고개를 끄덕였다.

그리고 그런 소라의 모습에 뒤늦게 사태를 파악한 에리카도 소라를 따라 고개를 끄덕였다.

그녀들은 목에 걸고 있던 목걸이를 벗어 시우에게 넘겨주었다. 마력이 가진 빛의 속성을 이용해 날개를 숨겨주는 마법도구.

그것이 벗겨지자 그녀들의 등허리에서 베일이 벗겨진 듯 아름다운 날개가 모습을 드러내고 있었다.

"알테인!"

아리에타의 근위기사들이 놀라 소리쳤다.

그녀들의 능력이 심상치 않다는 것은 알고 있었다. 그러나 그것은 그녀들이 전문 교육을 받은 어쌔신이기 때문일 거라고 멋대로 판단하고 있었기 때문에 수상하게 여기지는 않았다.

물론 일개 어쌔신이라기에는 그 능력이 매우 뛰어나긴 했지만 시우의 능력을 알고 그의 일행이라고 생각하면 당연할지도 모른다고 판단했던 것이다.

근위기사들은 저도 모르게 아리에타의 곁으로 모이며 그녀들을 경계했다.

뒤늦게 그녀들이 아리에타를 해칠 이유가 없다는 것을 이해하고 주춤주춤 멋쩍은 기색을 드러냈다.

하지만 그들의 반응은 매우 정상적인 것이었다.

저 성격 좋아 보이는 근위기사들이 이런 반응을 보일 정도로 인간과 알테인들은 사이가 좋지 못하기 때문이다.

인간과 다소나마 교류하고 있는 포스칸이나 수인족과는 달리 알테인들은 결코 인간과 교류를 하지 않는다.

숲 속에 정령으로 결계를 펴 숨어 살고 혹시라도 침입자가 있으면 대화도 없이 처단한다. 그리고는 다시 장소를 이동해 몸을 숨기는 족속들이 바로 알테인들이었다.

때문에 인간들이 알테인들에 대해 알고 있는 것은 그렇게 많지 않았다.

예로부터 이해할 수 없는 것들은 두려움을 사왔고 그런 의미에서 알테인이 경계를 받는 것도 이상하지 않은 일이었다.

그러나 그런 근위기사들과는 다르게 아리에타와 레이나는 조금도 놀라지 않는 모습이었다.

근위기사들은 소라와 에리카가 어쌔신일 가능성에 대해 생각할 때 아리에타와 레이나는 이미 그녀들의 정체에 대해 의심하고 있었던 모양이었다.

시우는 어렵사리 입을 열었다.

"리나, 수인족만 하더라도 이런 반응이야. 이런 말은 본의가 아니지만 아마 소라와 에리카가 정체를 드러내면 더 큰 소란이 일어나겠지. 알테인의 능력을 욕심내는 자도 있을 것이고, 교단과 같이 차별하는 자들도 있을 것이고, 그녀들을 두려워한 나머지 적대하려는 자들도 있을 거야. 날 믿고 따라준 것은 정말 고마워. 이건 진심이야. 하지만 너희의 목적을 위해서라면 우리와는 여기서 헤어지는 것이 나을지도 몰라."

물론 지금까지 그래왔던 것처럼 마법도구로서 그녀들의 정체를 계속 숨길 수는 있을 것이다.

언젠가 정체가 탄로 날 가능성을 무시한다면 문제는 없을지도 모른다.

그러나 시우는 생각했다.

이대로는 안 된다고.

언젠가는 그녀들의 날개를 자유롭게 펼 수 있게 해주고 싶었다.

수인족들이, 포스칸이, 그리고 알테인들이 스스로의 정체를 감추지 않고 자유롭게 활보할 수 있는 자리. 인간들에게 차별받지 않으며 인간의 아이들과 유사인종의 아이들이 어울려 뛰놀 수 있는 장소.

그런 환경을 마련해주고 싶었다.

그것은 시우의 각오였다.

"상관없어요."

그리고 이것은 그녀들의 각오였다.

"저희는 이미 여러분과 함께하기로 결정했는걸요."

말은 아리에타가 했지만 레이나도 같은 마음인지 시우를 똑바로 바라보고 있었다.

시우는 한참동안 입을 다물고 있다가 겨우 말을 꺼낼 수 있었다.

"분명 힘들 거야. 내 힘으로 도울 수 있는 문제는 나도 돕겠지만 어쩌면 그렇게 해결할 수 있는 문제보다 우리와 함께 하는 것으로 생길 문제가 더욱 많을지도 몰라. 그래도 괜찮다면, 함께 가자."

마침내 시우가 내민 손을 아리에타와 레이나는 밝은 표정으로 붙잡았다.

✦

펠릭스 교황성에서 페르시온 제국의 수도 알드미트까지는 금방이었다.

무역도시에서 교황성까지의 거리에 비하면 무척 먼 거리에 있는 도시였지만 바람의 신령인 리카 앞에 거리 따위는 큰 문제가 아니었다.

그러나 시우는 알드미트에 바로 진입하지는 않았다.

알드미트와 가장 가까운 마을인 알쥬에서 내려 일단 상황을 살펴보기로 결정했던 것이다.

시우는 베헬라 교단의 고위 인사들이 모여 있는 자리에서 교단의 후원 가문의 자제인 시라스 마하를 협박했다. 그 사건이 일어나고 아직 하루도 지나지 않아 수도까지는 아직 소식이 전해지지 않았을지도 모르지만 만약 시우가 알드미트에 진입한 이후에 베헬라 교단으로부터 수배지가 현상되면 시우는 대륙 최고의 전력이 밀집되어 있는 제국의 알짜배기들과 마주칠 수밖에 없었다.

물론 시라스 가문에서 이를 불문에 붙이고 베헬라 교단에서도 이를 불명예라 생각하고 비밀로 하게 된다면 시우에겐 최고의 시나리오였지만 그것은 시간을 두고 지켜봐야 알 수 있는 문제였다.

듣기로는 제국의 수도 알드미트에는 그 수도의 이름을 딴 용기사로만 이루어진 기사단이 있다고 한다.

그것이 알드미트 용기사단.

그들의 전력은 세계 최강이라고까지 불리며 그들의 명성이 낳는 전쟁억제력은 천년 이상의 세월을 유지해왔을 정도였다.

이제는 아무도 그들의 활약을 직접 보았다는 사람은 없지만 간혹 들려오는 소문들은 그들의 힘이 전혀 쇠퇴하지 않았다는 것을 증명하고 있었다.

그것이 아니라 하더라도 그들의 실력이 큐란 가에서 보았던 용기사만큼만 된다면 시우는 그들을 적당히 상대할 자신이 없었다.

무려 스물넷이나 되는 용기사라니. 그들의 원력이라면 날아오르는 리카도 떨어트리고 그들의 드래곤 소드라면 시우의 보호 아래에 있는 일행들의 안위를 위협할 수 있는 수준이니까.

'내가 공간이동 마법을 쓸 수 있다면……'

아마 이런 걱정은 필요가 없었을 것이다.

그러나 시우는 공간이동 마법을 쓸 수 없었다.

그뿐 아니라 드래곤들의 전유물이라는 특기마법 또한 시우는 흉내조차 내는 것이 불가능했다.

마법의 주문은 이미 들어 알고 있다.

마력도 충분하다 못해 넘친다.

출력도, 통제력도 시우는 이미 드래곤들을 뛰어넘은 상태였다.

그러나 아직도 시우에게 부족한 것이 있는 모양이었다.

시우는 그것이 뭔지 알 수 없었다.

여러 서적을 살펴보며 이유를 찾아보았지만 애초에 인간은 공간이동 마법이나 드래곤의 특기마법의 최저 조건인 마력량에서부터 미달이기 때문에 '원래 못 쓴다.'는 것이 상식인 모양이었다.

그래서 생각한 방법은 바로 설치마법이었다.

마력량에서 미달되는 마법을 사용하기 위한 방법은 오로지 설치마법밖에는 없었고 실제로 극소수의 인간들은 설치마법으로 인하여 공간이동 마법을 사용할 수 있었다.

때문에 직접 사용할 수는 없어도 공간이동 마법을 각인한 설치마법 아이템을 만들어 필요한 순간에 마력을 부여하는 방법으로 마법을 사용하려 했던 것이다.

그러나 시우에겐 설치마법에 대한 지식이 적었다.

마법을 물체에 각인하기 위해서는 마법에 대한 능력은 물론이고 마법을 문자로 풀이할 지식을 필요로 했다. 이것은 하루 이틀 노력으로 얻을 수 있는 것이 아니기 때문에 아무리 시우라도 포기한 능력이었다.

그래도 정확한 각인식만 있다면 그것을 복제해 시우도 마법을 각인할 수 있다. 그것을 희망삼아 공간이동 마법의 각인식을 찾아 헤맸지만 아무래도 공간이동 마법의 각인식은 최고기밀에 해당하는 지식인 모양이었다.

어느 마법책에도 공간이동 마법의 각인식에 대해서 언급하는 문구는 없었고 마법사 길드에 찾아가 문의했을 때는 비웃음밖에는 사지 못했다.

드래곤 하트가 구하기 쉬운 물건은 아니지만 드래곤 하트만 있으면 웬만한 곳이라면 얼마든지 침입할 수 있는 기술을 일반 공개할 리가 없지 않느냐고 말이다.

결국 이 문제는 시우가 혼자서 해결할 수밖에 없는 일이었다.

시우는 일상생활 중에서도 원력과 마력을 회복 및 누적할 수 있게 된 후로 오래간만에 명상에 빠져 있었다.

드래곤들이 마법을 사용했던 당시를 떠올려보고 자신의 마법과 어떤 차이가 있는지를 명상 속에서 비교하며 문제를 해결하려 했던 것이다.

시우가 그러기를 벌써 2일째, 그것을 지켜만 보고 있던 루리와 로이도 따라 나와 시우의 곁으로 다가갔다.

그 기척을 느낀 시우는 명상을 멈추고 눈을 떴다.

"무슨 일이야?"

"저희도 오빠 곁에서 훈련하려고요."

그러곤 루리도 시우의 옆에 앉아 명상을 시작하고 로이는 어느새 들고 온 검을 휘두르며 검술을 연마하기 시작했다.

시우는 가만히 앉아서 그것을 바라보며 생각했다.

이번 사건으로 시우는 생각하는 바가 많았다.

소라와 에리카, 그리고 소라와 같은 유사인종들에 대해서도 많은 생각이 들었지만 그에 못지않게 루리와 로이에 대한 생각도 하게 되었다.

시우가 베헬라 교단의 추기경직을 사퇴하고 펠릭스 령을 떠나려 했을 때 루리와 로이에게는 선택권이 없었다. 그들은 몸을 의탁할 곳도 없고 이런 거친 사회에서 살아남을 충분한 힘도 없었으니까.

지금까지는 시우 자신이 지켜주면 된다는 생각으로 딱히 신경을 쓰지는 않았지만 슬슬 만약의 경우를 위한 대비를 해두는 것도 나쁘지 않다는 생각이 들었다.

시우가 죽을 경우, 필요에 의해 그들의 곁을 떠나야 할 경우에 대비해서.

물론 시우는 죽을 생각도 그리고 그들의 곁을 떠날 생각도 없었지만 세상일은 어떻게 돌아갈지 모르는 일이었다.

만약, 말 그대로 만에 하나의 경우를 위한 대비책쯤은 마련해 두는 것도 나쁘진 않겠지.

시우는 가만히 그들을 바라보다가 갑자기 이런 생각이 들었다.

시우는 이미 원력의 통제력에 있어서 알테인과 동등 혹은 그 이상의 수준에 달해 있었다. 그들은 태어날 때부터 원력을 각성하기 때문에 필요 없는 과정이긴 했지만 만약 원한다면 인간의 영혼을 직접 자극해서 원력을 각성시켜주는 것 정도는 가능할지도 모른다.

그렇다면 시우는?

그들에게 배움을 받은 시우라면 아직 원력을 각성하지 못한 루리나 로이의 원력을 일깨워주는 것도 가능하지 않을까?

시우는 가만히 생각해 보았지만 지금의 시우라면 그들의 영혼이 다치지 않게 자극하는 정도는 충분히 가능할 거라고 판단을 내렸다.

"루리, 로이. 잠깐 가까이 와볼래?"

시우의 부름에 루리와 로이는 고개를 갸웃거리면서도 시우의 곁으로 다가왔다.

"너희 혹시 원력을 각성하고 싶지 않아?"

"그야……."

"당연히 각성하고 싶어! 익시더만 되면 나도 체슈 형을 도와줄 수 있으니까!"

로이는 눈을 반짝이며 대답했다. 그런 로이의 모습에 루리는 그럴 리가 있겠느냐는 눈빛을 했지만 루리도 원력을 각성하고 싶다는 것에는 다름이 없는 모양이었다.

"그럼 방법이 있는데 해볼 생각은 있다는 거지?"

루리와 로이는 그런 방법이 있냐고 놀라는 눈치였다.

시우는 원래라면 아주 위험한 방법이고 여전히 리스크는 존재한다는 것을 강조하며 설명한 뒤에 다시 한 번 생각해보라고 시간을 주었지만 루리와 로이는 생각할 시간 같은 것은 전혀 필요가 없었다.

Respawn

NEO FUSION FANTASY STORY & ADVENTURE

41장.

세뇌

리스폰

시우는 루리와 로이를 나란히 앉혔다.

"두 눈을 감고 마음을 침착하게 유지해. 지금부터 나는 내 원력을 이용해 너희의 영혼을 자극해 원력을 강제로 일깨울 거야. 그 과정에서 가장 중요한 것은 영혼이 폭주를 일으키지 않도록 평정심을 유지하는 것이야."

"영혼이 폭주를 일으키면 어떻게 되는데요?"

"영혼은 정신과 마음과 깊은 연관이 있어. 예상되는 후유증은 기억을 일부 상실하거나 혼수상태에 빠져 깨어나지 못하는 잠에 빠질 수도, 심한 경우에는 목숨을 잃을 수도 있겠지."

꿀꺽.

루리는 시우의 대답을 듣고 마른침을 삼켰다.

위험하다는 이야기는 시우에게 들었지만 정작 위험 부담을 확인하니 두려움이 앞섰던 것이었다.

시우는 그런 루리의 기분을 감안했는지 웃으며 입을 열었다.

"하지만 너무 걱정할 필요는 없어. 그것은 만약 폭주했을 때의 이야기이고 평정심만 유지한다면 결코 그런 일은 일어나지 않을 테니까. 내가 일어나지 않게 할 테니까."

그런 시우의 말에 루리는 마음을 다짐한 표정으로 고개를 한 차례 끄덕이고는 눈을 감고 명상에 잠겼다.

마음을 안정시키는 데에는 마력을 체내에 쌓은 명상 만큼 뛰어난 것이 없음을 경험상 느끼고 있었던 것이다.

시우는 그런 루리의 모습에 안심하면서도 로이를 바라보며 조금은 걱정이 되었다.

로이는 이제 곧 익시더가 될 수 있다는 생각에 들떠 위험부담은 전혀 생각지 않는 모습이었는데 로이는 루리와는 다르게 마법을 익히지 않아 스스로의 정신 상태를 정비할 수단이 없었다.

게다가 로이는 이제 겨우 11살의 나이였다.

듣자하니 검의 명가와 같은 경우는 어려서부터 수

련을 쌓아 16살이면 원력을 각성한다고 한다. 그런 경우에도 위험부담이 심해 셋에 둘은 원력이 폭주하여 죽음에 이르거나 폐인이 된다고 한다.

시우의 방법은 그런 귀족 가문에서 행하는 원시적인 원력 각성법과는 달리 비교적 안전한 방법이었지만 아무래도 로이의 나이가 마음에 걸렸다.

스스로 조심할 수밖에 없다.

시우는 그렇게 생각하며 조심스럽게 양 손을 루리와 로이의 등판에 대고 원력을 불어넣기 시작했다.

만약 최악의 상황이 발생해 로이의 영혼이 폭주하게 되더라도 시우의 솜씨라면 로이를 보호하는 것도 가능할 것이다.

그러나 그런 시우의 걱정과는 다르게 원력의 각성은 매우 순조롭게 진행되었다.

루리와 로이의 상태를 관찰하던 시우는 그들의 정신이 가장 안정된 순간을 노려 원력을 주입시켜 두 남매의 영혼을 자극했고 시우의 원력에 자극받은 그들의 영혼은 스스로를 지키기 위해 원력을 발생시키기 시작했던 것이다.

루리와 로이는 처음 느낀 신비로운 감각에 순간 놀라는 눈치였지만 시우가 몇 번이고 반복해서 타이른 만큼 평정심을 잃지 않도록 정신을 집중할 수 있었다.

"이것이 원력······!"

루리와 로이의 전신에서 푸른 아우라가 일어났다.

그러나 그것도 잠시 아우라는 금세 잦아들었다.

원력을 각성하는 데에는 성공했지만 아직 최대 원력량이 적은 탓이었다.

그러나 루리와 로이는 아직 어리다.

지금 당장은 반쪽짜리 익시더에 불과할지 모르나 일찍이 원력을 각성한 만큼 두 남매는 남들보다 한 발 앞서 나갈 수 있을 것이다.

루리와 로이 남매가 익시더가 된 직후부터 시우는 두 남매에게 원력을 다루는 법이나 검술을 가르치기 시작했다.

그뿐 아니라 로이에게도 마력을 쌓는 법과 마법을 가르치기 시작했다.

애초에 시우가 루리에게 가르칠 수 있었던 것은 마력을 쌓고 마법 아이템을 이용해 마법을 부리는 것뿐이었기 때문에 루리에게도 드라고니스를 가르칠 필요가 있었다.

루리에게는 포스칸 기초 검술을, 포스칸 기초 검술을 숙련한 로이에게는 포스칸 비전의 검술을 가르쳤다.

두 남매는 이해력이 깊고 배움이 빨라 시우가 가르치는 모든 것을 스폰지처럼 빨아들이기 시작했다.

로이는 그간 쉬지 않고 검술을 연마해온 덕분에 11살의 나이로 수습기사 정도의 실력을 가지고 있었고 또 시녀로 부려지면서 바쁜 와중에서도 마력을 쌓는 데 시간을 아끼지 않았던 루리는 마법 아이템에 의지하지 않아도 마법사라 불리기에 부족함이 없는 실력을 쌓을 수 있었다.

그러나 두 남매가 아무리 나이에 비해 뛰어난 실력을 갖고 있다 하여도 시우의 눈에는 부족할 수밖에 없었다.

세상은 험난했고 이런 험난한 세상에서 살아남기 위해서는 아무리 큰 힘을 갖고 있다 하더라도 부족했기 때문이었다.

시우는 자신이 익혀왔던 모든 기술들을 두 남매에게 전수해주기 위해 노력했다.

"마법의 재능은 정신력과 매우 깊은 연관 관계가 있어. 마법의 위력을 결정하는 출력, 마법의 효율 및 응용에 사용되는 통제력은 정신력이 깊어짐에 따라 자연히 상승되기 마련이지. 그리고 정신력을 단련하기에 가장 좋은 방법이 바로 명상이야. 하지만 무작정 명상을 한다고 좋은 것은 아니지. 올바른 순간에 올바른 방법으로 명상을 해야 정신력은 단련되는 거야. 하지만 그 올바른 순간을 알아채는 것은 쉬운 것이 아니야. 스스로 스스로의 정신이 고조되는 순간을 포착하기란 결코 쉬운 일이 아니니까. 그렇다고 편법이 없는 것은 아니야. 올바른 순간을 알 수 없다면 항상 명상의 상태를 유지하면 돼. 지금은 편한 자세로 앉아서 마력을 쌓고 있지만 단계별로 서서, 걸으면서, 뛰면서, 심지어는 싸우면서 명상의 상태를 유지할 수 있게 된다면 너희의 정신력은 기하급수적으로 상승하게 될 거야."

그것은 터무니없는 이야기였다.

명상의 상태를 상시로 유지한다니, 그것은 정신력만으로 드래곤 하트의 상태를 만들어 낸다는 말과 다를 것이 없었다.

그러나 불가능한 것은 아니었다.

실제로 시우는 전투 중에서도 리젠 스킬을 유지하며 마력과 원력, 그리고 생명력을 회복할 수 있었다.

물론 시우는 창조주에 의해 최상이라 할 수 있는 마법의 재능을 사사 받았으니 평범한 재능밖에 없는 루리와 로이에겐 어려운 일일지도 몰랐다.

하지만 루리와 로이는 아무런 의심도 품지 않고 선 자세로 명상에 빠져들었다.

아직은 마력은 쌓이지 않았지만 루리와 로이는 시우의 기대에 응하기 위해서라도 좀 더 집중하여 훈련에 몰입하기 시작했다.

시우는 그 와중에 마법이 정신력과 깊은 연관 관계가 있다는 스스로의 말을 되뇌며 상념에 잠겨 있었다.

정신력이란 말하자면 원력과는 다른 영혼의 힘이다.

스스로의 신념을 믿어내는 힘.

그것은 원력을 단련하는 방법과도 상통하는 부분이 있는 힘이었다.

오직 하나의 숭고한 목적을 위해 영혼을 고조시킨다.

즉, 신념 말이다.

시우에게 이 신념이란 소중한 사람들과 평온한 삶을 사는 것이었다.

그리고 루리와 로이, 그리고 세리카와 함께 살던 평온한 때에 시우의 정신력은 소중한 사람들과의 소통으로 인해 고조되고는 했었다.

그렇다면 이런 공식을 세울 수는 없을까?

정신력=영혼의 힘.

정신력은 마법과 깊은 연관관계에 있으니까 영혼도 마법에 깊은 연관관계가 있다고.

그런 가설을 세우자 문득 의심 가는 점이 있었다.

왜 드래곤의 영혼은 드래곤 하트에 들어가 있단 말인가?

왜 드래곤들의 마력이 담기는 그릇에 영혼이 함께하고 있던 것일까?

역시 마법을, 창조주의 힘을 제대로 사용하기 위해서는 영혼이 어떠한 작용을 하는 것은 아닐까?

시우의 생각이 깊어지고 시간은 빠르게 흘러갔다.

"체슈 오빠!"

"응. 어?"

"벌써 해가 지고 있어요."

시우는 루리의 말에 정신을 차리고 하늘을 올려다보았다.

훈련은 대낮에 시작했는데 하늘은 어느새 황혼 빛으로 물이 들어 있었다.

시우는 저물어가는 해를 난감한 시선으로 바라보며 한숨을 폭 내쉬었다.

"그럼 오늘 훈련은 여기서 마치도록 하자. 식사는, 오랜만에 외식이라도 할까?"

"외식!"

시우의 말에 로이가 반겼다.

시우의 요리는 이미 고급 레스토랑의 요리보다 사

치스럽고 왕실 요리보다 귀하며 맛이 있었지만 외식
은 외식만의 즐거움이 있는 것이다.

이를테면 와인과 같은 것.

시우도 술을 만들 수는 있지만 아무래도 고급 식당
에서 파는 것과 같은 맛있는 술을 만들 수는 없었다.

때문에 외식을 하는 날이라고 하면 가볍게 술을 즐
기는 날이 되기도 했다.

헤카테리아 남부와는 다르게 북부의 강은 깨끗한
물이 흐르는 곳도 있기 때문에 북부에는 맥주를 식수
로 사용하는 습관이 없는 곳도 많았다.

따라서 고작 11살의 소년에게 와인을 먹이는 행위
는 사회윤리적인 면에서 별로 좋지 않게 여겨지지만
이 '사회'라는 것의 정의가 참 우습다는 생각도 들었
다.

로이는 맥주를 식수로 사용하는 문화를 가진 '사회'
에서 자랐다.

그런데 살아가는 장소가 바뀌었다고 해서 로이가
가진 '사회윤리적 관점'이 바뀌기라도 하는 것일까.

물론 로마에 가면 로마법을 따르라는 말도 있지
만 북부도 엄연히 따지면 미성년이 술을 마시면 안
된다는 법률은 없으니 시우는 신경 쓰지 않기로 했
다.

물론 정신건강 및 육체건강을 위해서도 과음은 좋지 않겠지.

시우는 그것만을 염두에 두며 여관에 들러 일행들을 이끌고 알쥬령의 내성에 있는 고급 식당을 찾아 걸음을 옮겼다.

마치 외식이라면 이 음식이 당연하다는 듯 모두가 하나같이 비프 스테이크를 시키고 시우는 과거에 먹어 본 것 중 가장 맛있었던 레드 와인을 함께 주문했다.

새삼 수인족인 리나를 힐끔힐끔 쳐다보는 손님들의 시선들이 신경 쓰였지만 식당의 직원들은 얼굴색 하나 변하지 않고 접대를 하고 있었다.

시우는 가족이라고 칭할 수 있는 일행들과의 가족적인 분위기를 즐기면서도 주위를 경계하는 것을 멈추지 않았다.

혹시라도 리나가 수인족이라는 것을 빌미로 시비를 걸려는 인물이 있거나 좋지 않은 낌새가 느껴지면 이 분위기를 망치지 못하도록 저지하기 위해서였다.

그런 시우의 귓가로 들려온 이야기는 의외의 소식이었다.

"자네 그 이야기 들었나? 얼마 전 중부 마의 우림에서 몬스터들이 출몰했다고 하더구만."

"그건 무슨 농담인가? 마의 우림에 먼 옛날 대륙에서 쫓긴 몬스터들이 숨어 살고 있다는 이야기는 상식이 아닌가."

"그런 소리가 아닐세. 글쎄. 마의 우림 안에서 발견된 것이 아니고 몬스터들이 마의 우림에서 뛰쳐나왔다는 소리일세."

"허어! 그럴 수가. 원인은 뭐라고 하던가?"

"뭐, 마법사들은 숲의 서열이 바뀌었기 때문이라고는 하지만 그게 말이나 되는 소리란 말인가? 듣자하니 마의 우림에서 몬스터가 뛰쳐나온 것은 300년 전 마의 우림을 토벌하겠다고 쳐들어간 기사단이 도망쳐 나오면서 몬스터들을 끌고 나온 이후로 처음 있는 일이라지 않은가. 숲의 서열이 바뀌는 정도로 몬스터가 나왔다고 한다면 나와도 옛날에 나왔어야지."

"그럼 다른 이유가 있다는 게 아닌가?"

"그렇겠지. 당장에는 토발츠 변경령의 기사단이 뛰쳐나온 몬스터들을 퇴치했다지만 시일이 지날수록 뛰쳐나오는 몬스터도 강해지고 수도 늘어나고 있다는 소문일세. 게다가 무슨 일이 있었는지는 모르겠지만 토발츠 변경령에 소속된 기사들의 상태가 영 좋지 않다고 하니 머지않아 토발츠 변경령이 몬스터의 손에 함락되는 것이 아닌가 걱정이 되네."

"설마? 아무리 그래도 변경령인데 그렇게 쉽게 함락되려고?"

그들은 거기까지 이야기하고는 화제를 바꿔 이야기했다.

시우는 그들의 이야기를 듣고 심각한 표정을 지었다.

열대우림에 살고 있던 몬스터들이 숲을 뛰쳐나왔다.

이 사태는 예상하고 있던 바였다.

하지만 아직 때가 일렀다.

알덴브룩 제국은 페르시온 제국과의 전쟁을 준비하며 열대우림을 불태우려는 계획을 세우고 있었다. 때문에 전쟁이 터지려면 적어도 우기가 끝난 다음이 될 거라고 생각하고 있던 것이다.

하지만 아직 건기는 오지 않았다. 우기가 끝나지 않았으니 숲을 불태울 수도 없다. 애초에 숲을 태우기 시작했다면 그 소식은 대륙 곳곳으로 퍼졌을 것이다.

'뭐지? 도대체 무슨 일이 벌어지고 있는 거지?'

무슨 일인지는 알 수 없으나 적어도 마의 우림에서 심상찮은 일이 벌어지고 있음은 어렵지 않게 추측할 수 있었다.

시우는 문득 손을 내려다보았다.

거기에 끼워져 있는 반지가 하나.

세리카와 나눠 끼었던 커플반지였다.

이것을 사용하면 어디서든 세리카의 상태를 확인할 수 있었다.

그리고 최근 세리카의 상태에 변화가 생겼다.

세리카 Lv.108

생명력 (226/227)

마력 (6/6)

원력 (128/381)

상태이상- 세뇌

세리카가 드디어 수아제트의 세뇌 마법에 함락되고 말았던 것이었다.

혹시 이것과 방금 들은 이야기 사이에 어떤 관계가 있는 것은 아닐까?

세리카가 세뇌 마법에 함락된 시기와 마의 우림에서 몬스터들이 뛰쳐나왔다는 시기가 비슷한 만큼 시우는 신경 쓰이지 않을 수 없었다.

듣자하니 몬스터들이 마의 우림에서 벗어나온 것은 300년 만에 처음 있는 일이라고 하지 않던가.

흔치 않은 일인 만큼 그 연관 관계는 더욱 깊은 것
처럼 느껴졌던 것이다.

한 번 그런 생각이 들자 시우는 그 생각에서 벗어날
수가 없었다.

오래간만에 느끼는 단란한 분위기였지만 세리카에
대한 걱정으로 그것을 즐길 수가 없었다.

"슈 오빠?"

그것을 걱정한 에리카의 목소리에 시우는 쓴 웃음
으로 얼버무리고 말았다.

시우가 말을 꺼낸 것은 식사가 모두 끝난 후의 일이
었다.

모두 식사를 마치고 와인으로 입술을 적실 즈음 시
우는 마법을 부려 내외부의 소리 유통을 끊어버렸다.

바깥에서도, 그리고 안에서 나는 소리도 일체 통하
지 않는 방음의 막을 만들어낸 것이었다.

"체슈 오빠?"

시우의 몸에서 마력이 흘러나온 사실을 감지한 루
리가 고개를 갸웃거렸다.

시우는 차근하게 방금 들은 소문에 대해서 일행에
게 이야기 했다.

가장 먼저 반응한 것은 소라와 에리카였다.

"그럴 리가 없어."

"그냥 헛소문이 아닐까요?"

그녀들은 확신에 차 그렇게 말했다.

너무나도 자신하는 말에 시우도 그럴지도 모른다고 생각할 정도였다.

하지만 다시 생각해보면 이 소문을 떠든 인물은 단순한 헛소문을 말한다고 생각하기에는 아는 것이 많았다.

이를테면 토발츠 변경령 기사단의 상태가 별로 좋지 못하다는 것.

그들은 시우와의 다툼으로 대다수가 사지 혹은 신체의 일부를 손실했다. 아마 변경령의 기사로 취임되며 받게 되는 수입으로 값비싼 포션을 소지하고 있었기 때문에 죽은 자는 없을 거라 생각하지만 시우의 포션이 아니고서는 한 번 잘린 신체를 완벽하게 이어붙이는 것은 불가능했을 것이다.

상태가 좋지 못하다는 것은 그러한 이유에서 전력이 저하되었기 때문일 것이다.

이것은 베헬라 교단이 직접 나서 사건을 무마했기 때문에 일반 공개가 되지 않은 정보였다. 그것을 알고 있다는 사실은 소문의 신빙성이 제법 높다는 것을 뜻했다.

"너희는 어째서 헛소문일 거라고 생각하는 건데?"

시우가 그녀들의 반응을 의아하게 생각하고 묻자 소라와 에리카는 시선을 한차례 나누더니 어깨를 으쓱했다.

그녀들의 말에 따르면 중부, 열대우림, 마의 우림이라고 불리는 지역은 오랜 옛날부터 알테인의 고향으로 정령의 결계에 보호를 받아왔다고 한다.

그것을 인간들이 군대를 일으켜 세우더니 수천 년의 세월에 걸쳐 몬스터들을 알테인들이 지내는 숲으로 몰아냈던 것이다.

처음에는 알테인들도 몰려오는 몬스터들을 퇴치하며 숲의 평화를 지켰지만 그것이 계속 되자 알테인들은 몬스터와의 공존을 모색했다.

안 그래도 당시의 인간들은 알테인을 몬스터와 같이 취급하며 사냥하고 포획하여 귀금속이 매장된 광산을 발견 및 개발하는데 이용하거나 알테인의 아름다운 외모에 혹해 성욕을 배출하는 용도의 노예로 삼았던 것이다.

그랬던 것이 몬스터의 수가 늘어나면서 인간들의 출입이 줄어들고 희생되는 알테인의 수가 줄어들면서 몬스터들의 존재가 오히려 알테인들에게는 방패가 되어준다는 것을 깨달았던 것이다.

그것을 깨달은 알테인들은 오히려 정령을 이용해

몬스터들이 숲을 벗어나지 못하도록 결계를 폈고 지금에 이르러서 마의 우림은 인간들이 접근하지 못하는 금지로 변했던 것이다.

소라와 에리카의 말에 따르면 알테인들이 정령을 이용해 펼치는 결계에 이상이 생기지 않는 한 몬스터들이 숲을 벗어날 일은 일어날 수 없다는 소리였다.

그 이야기를 들은 시우는 불길한 예감이 들었다.

소라와 에리카가 말하는 정령의 결계는 깨졌다.

그리고 그 일에는 세리카가 연관되어 있을 것이라는 예감이었다.

근거는 없었다.

하지만 시우는 어딘지 조바심이 드는 목소리로 일행을 설득했다.

리카를 타고 날아간다면 이곳 알쥬령에서 토발츠 변경령까지는 왕복으로 해도 6시간이 걸리지 않을 것이다.

만약 지금의 이야기가 헛소문이라면 리카를 타고 바로 돌아오면 된다고 설득하는 시우의 목소리에 소라와 에리카는 불안감을 품었다.

마치 시우가 '알테인의 숲에 문제가 생겼다.' 고 말하는 듯했기에.

결국 일행의 동의를 얻은 시우는 리카를 타고 토발
츠 변경령으로 돌아왔다.

　　시우도 그렇지만 일행들에게는 아직 대륙의 북부
에서 사용할 적당한 신분이 없었다. 알쥬령에서 내
성에 들어간다고 시민권을 구입하기는 했지만 영주
민이 타당한 이유나 권한도 없이 타영지로 이주해
가는 행위는 금지되어 있기 때문에 사용할 수는 없
었다.

　　시우에게는 베헬라 교단에서 받은 명예 추기경을
증명하는 신분증이 아이템창 속에 있었지만 그것을
쓸 수는 없는 일이었다.

　　때문에 리카를 타고 몰래 외성벽을 넘은 시우가 가
장 먼저 찾은 것은 용병길드였다.

　　시민권과는 달리 용병증에는 국가의 허락을 받아
영지간의 이동이 허락되기 때문에 임시의 신분증으로
그만큼 좋은 것도 없기 때문이었다.

　　문제는 용병으로서 활동하기엔 너무 연약해 보이는
아리에타와 레이나였지만 그녀들에게는 남부에서 사
용하던 신분증이 따로 있었다.

　　남부에서 사용하던 신분증이기 때문에 북부에서 사
용하기에는 조금 문제가 있을지 모르겠지만 한 국가
의 왕족과 무역왕의 가문인 큐란 가의 영애임을 증명

하는 신분증에 딴지를 걸 수 있는 간 큰 경비병은 몇 되지 않을 것이다.

결국 용병증을 발급받은 것은 전투능력이 되는 자들뿐이었다.

서류 작성만으로 간단히 용병증을 발급받은 아리에타의 근위기사들과 시우, 리나와는 다르게 루리와 로이 남매, 소라와 에리카의 겉모습은 영락없는 아녀자이기 때문에 실력을 검증받은 뒤에야 겨우 용병증을 발급받을 수 있었다.

물론 실력의 검증은 어렵지 않았다.

만약 그녀들이 원력을 각성하지 못했다면 기존의 용병들과 대련을 하는 등의 귀찮은 수순을 밟아야 했겠지만 그들 중 원력을 각성하지 못한 자는 없었다.

어딘지 모르게 노련함이 느껴지는 소라가 원력을 일으키는 모습에는 고개를 끄덕이며 당연하게 여기던 사무직원도 아직 한참 어려보이는 루리나 로이, 에리카가 아우라를 피워 올리는 모습에는 놀라지 않을 수 없었다.

검의 명가 같은 곳에서는 나이 어린 자제가 원력을 각성하는 것도 드문 일은 아니라지만 그것은 귀족 가문의 이야기였으니까.

용병의 경우에는 노련한 용병이 사투 속에서나 드물게 각성하는 것이 원력인 만큼 어린 아이들이 원력을 각성했다는 사실은 놀라울 수밖에 없었다.

게다가 로이의 나이는 아직 11살.

검의 명가에서도 16세의 나이에 원력을 각성하면 빠르다는 이야기가 있으니 아직 글을 쓰는 것이 익숙하지 못한 로이를 대신해 서류를 작성하던 사무직원이 로이의 나이를 듣고 놀라는 것도 당연한 일이었다.

이제 일행 중에 신분증이 없는 것은 오로지 레이나의 시녀장인 루시아나 뿐이었다.

마지막 일행까지 용병증을 모두 발급받자 시우는 주위를 둘러보며 물었다.

"어째선지 용병길드의 분위기가 어수선하군요. 혹시 무슨 일이 있습니까?"

"아이고. 말도 마십쇼. 마의 우림에서 몬스터가 쏟아져 나온다는 소문은 들으셨는지?"

시우는 잠시 머뭇거리다 고개를 끄덕였다.

분위기를 보아하니 딱히 비밀이란 느낌은 들지 않았기 때문이었다.

"처음에는 뿔범이나 검치호 같은 짐승이었습죠. 그런데 쏟아져 나오는 짐승의 수가 점차로 불어나더니 쟈탄, 카스탄 뛰쳐나오는 몬스터가 점차로 강해졌고 결국에는 옛날이야기로밖에 들어보지 못했던 고대의 몬스터들이 차례로 마의 우림에서 뛰쳐나오기 시작했다는 거 아닙니까. 영주님께서 서둘러 토벌대를 꾸리시고 무역도시 제네란에 수십의 기사와 세 자릿수에 달하는 마법사, 그리고 수천의 병사들을 파견 보냈지만 그들이 도착했을 때는 이미 제네란은 함락되어 난민들이 대피하고 있었다는 이야깁니다."

사무직원은 계속해서 투덜거렸다.

제네란에서 대피해온 난민들은 페르시온 제국에 입국 신청을 한 뒤 변경령에 도착한 것에도 안심이 되지 않는지 용병길드에 호위 임무를 신청하고는 페르시온 제국의 더욱 깊은 안전한 땅을 향하고 있었고 마의 우림에서 몬스터가 출몰하기 시작했다는 소식을 듣고 찾아온 용병들은 호위임무에는 관심도 없고 토벌임무만 찾는 바람에 사무직원만 고생을 한다는 이야기였다.

한편으로는 강력한 병력을 소유한 변경령에 도착하고서도 두려움을 떨쳐내지 못하고 더욱 깊은 땅으로 들어가려는 난민들의 모습에 자신도 피난을 가야하는 것은 아닌지 고민이 된다는 투정도 부렸다.

시우는 생각했던 것보다 사태가 심각함을 알 수 있었다.

설마하니 벌써 제네란령이 몬스터들에게 함락되었을 줄이야.

무역도시에는 분명 드래곤 하트를 이용해 방어막에 설치되어 있었을 것이다. 그런 제네란이 함락되었다고 한다면 마의 우림에서 나온 몬스터들 중에는 원력을 각성한 몬스터의 수도 제법 될 것이란 예상을 할 수 있었다.

그럼 무역도시에 주둔하는 용기사는 어떻게 된 건가 싶은 의문도 생겼지만 고민은 오래가지 않았다. 아마 제네란의 용기사들은 그들을 고용한 상인의 호위에 밖에 관심이 없었을 것이다.

어쩌면 용기사를 부리는 상인이 재산을 포기하지 못하고 금은보화를 가득 담은 공간압축상자를 옮기기 위해 용기사의 기동력을 이용했을지도 모를 일이지.

어찌되었든 용기사들은 시민들의 호위에는 일절 사용되지 않은 모양이었다.

시선을 돌려보니 사무직원의 이야기를 들은 소라와 에리카가 당황하는 모습이 눈에 들어왔다.

몬스터들이 마의 우림을 뛰쳐나오기 시작했다는 것은 그들을 가둬두던 결계에 이상이 생겼다는 뜻이다. 정령을 이용해 결계를 만들던 알테인들에게 문제가 생겼다는 말과 다르지 않았다.

흔들리는 눈빛으로 어찌할 바를 모르는 소라와 에리카의 모습에 시우는 일단 그녀들을 안심시켰다.

"아직은 단정 짓지 마. 몬스터들이 어째서 마의 우림을 빠져나올 수 있었는지는 알 수 없지만 그것이 꼭 알테인의 숲에 문제가 생겼다는 뜻은 아니니까. 알테인들은 무사할거야."

시우는 스스로도 믿지 않는 말을 늘어놓았다.

하지만 소라와 에리카는 마치 시우의 말이 옳다는 듯 믿어주는 눈치였다.

그녀들의 눈빛에 피어오르기 시작한 희망의 빛에 시우는 가슴을 비수로 찔린 듯 아파왔다.

어쩌면 자신의 말 때문에 쓸데없는 희망을 심어줬을지도 모른다는 생각이 들었던 것이다.

그러나 이미 깃든 희망을 박탈해버리는 잔인한 짓을 시우는 할 수 없었다.

시우는 아무런 내색도 할 수 없이 용병길드를 벗어나 리카를 불러 올라탈 뿐이었다.

리카를 타고 날아가는 길, 지상에는 집 잃은 난민들의 줄이 길게 늘어서 있었다.

시우는 그것을 내려다보면서 생각에 잠겼다.

루리와 로이에게 다시 가르침을 내리기 시작한 것은 며칠 전의 일이었다. 하지만 그 짧은 사이에 시우는 두 남매를 가르치면서 많은 것을 느낄 수 있었다.

그 중 가장 큰 것이 마법의 벽을 넘을 힌트를 얻었다는 것이었다.

인간은 공간이동 마법을 사용하지 못한다.

인간은 드래곤의 특기 마법을 사용하지 못한다.

그것이 이 세계의 상식이며 당연한 진리였다. 하지만 시우는 아무도 다다르지 못했던 그 경지를 시야에 담고 있었다.

힌트는 원력, 영혼의 힘이었다.

신의 힘인 마력에 영혼의 힘이 더해져야만 신의 권능에 도전하는 힘을 손에 넣을 수 있었다.

하지만 그 구체적인 방법에 대해서는 아직 알 수 없었다.

마력과 원력을 섞으면 될까?

시우는 손바닥 위로 마력과 원력을 동시에 피워 올리며 뒤섞어보았지만 그것은 물과 기름처럼 결코 섞이려 들지 않았다.

혹시 체외가 아닌 체내에서 섞어 써야 하는 걸까?

시우는 떠오른 방법을 바로 시도해 보았지만 지독한 위화감만 들뿐 이렇다 할 변화는 느낄 수 없었다.

하지만 포기하지 않았다.

마법의 주문을 형성하는 마력에 원력을 끼워 넣어

보았다. 그러나 실패했다.

마력을 뭉쳐 가상의 드래곤 하트를 만들고 그 안에서 마력과 원력을 섞어도 보았다. 그러나 실패했다.

떠오르는 모든 방법을 시도해 보았지만 시우는 단한 번도 성공을 거둘 수 없었다.

시도하는 번번이 지독한 위화감만 남을 뿐이었다.

그런 시우의 뇌리로 이런 발상이 떠올랐다.

창조주는 자신의 육신을 본떠 인간을 창조했다고한다.

하지만 이 땅에 살아가는 생물 중 가장 신에 가까운존재는 드래곤이었다.

도대체 드래곤은 신의 무엇을 본떠 만들어졌기에신의 권능에 도전하는 힘을 손에 넣을 수 있었을까?

그런 의문에서 나온 대답.

드래곤의 영혼.

인간이 신의 육신을 본떠 만들어졌다고 한다면 드래곤은 신의 영혼을 본떠 만들어진 것은 아닐까?

신의 힘, 마력으로 신의 권능에 도전하기 위해선 신의 영혼이 필요한 것은 아닐까?

그렇다면 인간이, 유사인종이, 드래곤을 제외한 창조주의 피조물들에게 신의 권능을 손에 넣지 못한 이유도 납득이 되었다.

그러나 시우는 사정이 달랐다.

시우에겐 드래곤의 영혼을 모사할 수 있는 능력이 있었다.

그렇다면 시우의 원력으로 드래곤의 영혼을 모사해 그것을 마력에 섞는다면 어떨까?

원력을 자극하자 시우의 머리카락과 동공이 변색되었다.

시우가 처음으로 모사한 영혼, 드래곤 아이시크의 비늘과 같이 머리카락이 하얗게 변하고 동공이 세로로 날카롭게 찢어지며 붉은 색으로 물들었다.

손바닥 위에서는 마력과 원력이 완벽한 균형을 이루며 뒤섞이기 시작했다.

웅웅우우웅!

아이시크의 영혼을 모사하며 얇아졌던 시우의 동공이 놀라움에 확대되었다.

놀라운 힘이었다.

그야말로 원하는 것이 있으면 무엇이든 손에 넣을 수 있을 것만 같은 만능의 힘!

갑작스런 시우의 변화와 그의 손바닥 위에서 일어난 강력한 힘의 영향력에 일행들도 놀란 눈치였다.

그러나 시우가 그 힘의 마성에 취할 수 있는 것도 잠시였다.

"허억!"

전신이 뜨거웠다.

시우의 체내에 잠들어 있던 324만 가량의 마력이 손바닥으로 몰려들기 시작했다.

갑작스러운 사태에 시우는 온 정신을 집중해 폭주하는 마력을 진정시키려 애썼다. 하지만 부질없는 짓이었다. 아무리 시우라 해도 300만이 넘어가는 모든 마력을 완전히 통제 하에 넣는 것은 불가능한 일이었다.

마력은 손바닥을 시작으로 시우의 원력을 탐욕스럽게 갉아먹기 시작하며 강제적으로 뒤섞이기 시작했다.

10만, 20만, 50만, 100만, 200만······.

마력이 뜨거운 열기를 발산했다. 그 안에서 제정신을 유지하기란 쉬운 일이 아니었다. 하지만 여기서 정신을 잃을 수는 없었다.

시우는 의식적으로 정신을 바짝 차리며 마력의 폭주를 중단하기 위해 작업에 들어갔다.

마력이 원하는 것은 시우가 모사한 드래곤의 영혼이었다. 드래곤의 영혼을 모사하기 위해 끌어올린 원력을 가라앉히고 원래의 상태로 되돌린다면 마력도 진정하게 될 것이란 추측이었다.

시우의 예상은 들어맞았지만 때는 이미 늦고 말았다.

원력을 갈무리하여 마력의 폭주를 진정시켰을 때는 이미 324만의 마력 중 300만이나 되는 양이 시우의 배꼽을 중심으로 뭉쳐있었다.

문제는 배꼽에 덩어리 진 마력을 일체 사용할 수가 없다는 것이었다.

그뿐이 아니었다. 마력의 성장을 위해 먹힌 원력의 양도 무려 350포인트나 되었다.

이제 시우가 사용할 수 있는 내력은 마력이 24만 가량에 원력 150이 전부였다.

지금도 체내에서 묶여버린 마력과 원력이 발산하는 힘의 맥동을 시우는 느낄 수 있었다. 그것은 지금도 시우의 체내에서 서로 뒤섞이며 기운을 키우고 있었다. 언젠가 성장을 마칠 이 힘이 족쇄에서 풀려나면 시우는 더욱 강한 힘을 손에 넣을 수 있겠지. 하지만 그것이 언제가 될지는 알 수 없는 문제였다.

시우에게 일어난 일은 역사적으로 전례가 없는 일이었으니까.

최악의 경우 소모된 300만의 마력과 350의 원력을 시우는 끝까지 사용하지 못할 수도 있겠다는 생각이 들었다.

그렇다 하더라도 시우에게 남겨진 마력은 인간은 도 달할 수 없다고 알려진 15만 마력의 너머, 인외급의 마 력이었으며 남겨진 원력도 결코 적은 것은 아니었다.

하지만 시우는 심장이 덜컥 내려앉는 기분을 느낄 수밖에 없었다.

그도 그럴 것이 시우가 상대할 적은 드래곤이었다.

시우의 마력 수준이 인간을 넘어선 인외급이라고 불린다 하더라도 반신이라 불리는 드래곤에게는 그저 우스운 정도에 불과했다.

원력이 있으니 절대로 상대할 수 없다는 것은 아니 었지만 드래곤의 마법에 저항하려면 방대한 마력은 기본 조건이었다.

그래도 어떻게든 드래곤 하트를 마련해서 다시 마력 을 흡수하면 마력량을 회복할 수 있지 않을까 싶었다.

시우는 그럴 수 있을 정도의 자금을 가지고 있었다.

그러나 이내 무언가를 깨달은 시우는 한숨을 푹 내 쉴 수밖에 없었다.

"드래곤 하트의 마력을 흡수하려면 드래곤의 영혼 을 모사해야 하잖아."

시우의 체내에서 원력과 뒤섞인 마력. 가령 부르자 면 원마력(原魔力)이라 부를 수 있는 이 힘은 지금도 호시탐탐 드래곤의 영혼을 노리고 있었다.

만약 시우가 다시 한 번 드래곤의 영혼을 모사하려 한다면 원마력은 시우의 모든 원력을 집어삼키고 말 것이다.

"슈?"

"시우 씨?"

시우에게 이상을 느낀 일행들이 동요하고 리카도 가까운 언덕을 향해 고도를 낮추더니 이내 착지를 하고 말았다.

가만히 입을 다물고 고민했다.

도대체 뭐라고 설명을 해야 좋을까.

아무 말도 없는 시우의 모습을 일행은 걱정스런 눈초리로 바라보았다.

시우는 그런 일행의 분위기에 더 이상 입을 다물고는 있을 수 없었다.

잘 설명할 수 있을지는 알 수 없지만 일단은 입을 열기로 했던 것이다.

공간이동 마법을 연습했던 것, 루리와 로이 남매를 가르치며 힌트를 손에 넣은 것, 무슨 일이 일어나는지 알 수 없는 마의 우림에 들어가기 전에 훈련을 마치고 싶었던 것, 그리고 손에 넣은 원마력이라는 힘.

모든 것을 설명한 시우는 뒤이어 이렇게 말했다.

"문제는 원마력을 짜내는데 사용된 92퍼센트 가량

의 마력과 70퍼센트의 원력을 사용할 수 없는 상태가
되어버렸다는 거야."

남아있는 수치를 퍼센티지로 계산해보니 더욱 처참
한 기분이 들었다.

그 이야기를 들은 일행들도 동요하기는 마찬가지였
다.

"그래서? 지금 쓸 수 있는 힘은 얼마나 되는 건데?"

레이나가 날카로운 음성으로 물었다.

마치 질책하는 것 같은 말투였지만 이제는 그것이
레이나의 평소 말투라는 것을 시우는 알고 있었다.

레이나들도 쉽게 알 수 있도록 남은 마력을 헤카테
리아 대륙의 마력 계측 단위법으로 환산해 보았다.

"대략 115년 드래곤 마력에 원력은 지미와 가터의
힘을 합친 정도일까."

시우의 대답에 일행들은 안도의 한숨을 내쉬면서도
어처구니가 없어 기가 찰 정도였다.

시우가 강하다는 것은 지금까지 충분히 겪어보았지
만 설마하니 저 정도일 줄이야.

"그럼 뭐야? 115년 드래곤 마력이 전체 마력의 8퍼
센트밖에 안 된다는 것은 원래는 천년 드래곤 마력을
초월하는 힘을 가지고 있었다는 거야?"

천년 드래곤 마력이라니.

레이나는 스스로의 입에서 나온 낯선 말에 저도 모르게 헛웃음이 튀어나오고 말았다.

그도 그럴 것이 헤카테리아 대륙 최고의 마법사로 알려진 페르시온 제국의 근위마법사장도 70년 드래곤 마력밖에는 소지하지 못했다. 그런데 시우는 92퍼센트의 마력을 쓸 수 없다고 말하면서 115년 드래곤 마력이 남았다고 하니 기가 차다 못해 웃음이 터지고 말았던 것이다.

만약 다른 이가 이와 같은 말을 했다면 거짓말도 말이 되는 소리를 하라고 호통을 쳤을 것이다. 그러나 레이나는 시우가 거짓말을 하는 것이 아니라는 것을 알고 있었다.

"게다가 지미와 가터의 원력을 합친 것이 30퍼센트라고요? 저들은 소국이라고는 해도 한 국가에서도 손꼽히는 실력자들이에요. 그 둘의 힘을 합치고도 30퍼센트밖에 되지 않다니."

"그래봐야 추기경 가레인의 원력에 비하면 50퍼센트 가량밖에 되지 않아."

"그야 가레인 경은 대륙에서 가장 강하다고 알려진 삼인의 기사 중 한 명이니까요. 비교 대상이 이상한 거예요."

일행들은 어이없어 하면서도 시우의 말을 대수롭지

않게 생각하는 모양이었다.

그러나 일행과는 다르게 시우는 불안감을 느끼지 않을 수 없었다.

일행을 지키는 것은 시우의 역할이다. 그러기 위해선 아무리 큰 힘을 지니고 있어도 부족하다는 것이 시우의 인식이었다.

그런데 그 힘을 모두 박탈당하고 마니 풍전등화와 같은 위기감이 느껴졌던 것이다.

시우는 위기의식이 없는 동료들을 보면서 더욱 의식을 곤두세웠다.

이런 느낌은 제법 오래간만인 기분이 들었다.

강한 힘을 손에 넣게 된 후로는 그 힘에 의지해 주의가 부족해졌던 모양이었다.

지금이라도 깨달은 것이 다행이라고 생각하기로 했다.

언덕의 정상에서 사위를 둘러보니 먼 곳에서 나무의 지평선이 눈에 들어왔다.

마의 우림이었다.

거리는 추정 10킬로미터.

걸어서 가면 3시간가량이 걸릴 거리였다.

리카를 타고 가면 금방이긴 했지만 시우는 굳이 걸어서 가기로 결정했다.

너무나 갑작스러운 일에 마음이 어수선했다.

천천히 걸으면서 마음을 정리하지 않으면 정작 숲에 들어갔을 때 제대로 된 판단을 내릴 수 없을 것 같았다.

가는 길에는 루리와 로이에게 걸으면서 명상을 하는 방법에 대해 가르치기로 했다.

다행히 주위는 널따란 평야였다. 정신을 집중하기 위해 눈을 감고 걸을 수 있었다.

아직 두 남매는 직립 명상도 이루지 못했다. 그런 남매들에게 보행 명상은 불가능에 가까운 난관이었다. 하지만 루리와 로이는 그것을 불가능하다 생각하고 대강하는 일이 없었다.

비록 지금은 못할지라도 언젠가는 가능할 것이라 굳게 믿고 정성을 다해 훈련에 임했다.

시우는 그런 남매들을 지켜보며 뿌듯함을 느꼈다.

반쯤 걸어갔을까?

마의 우림의 경계에서 연기가 피어올라오기 시작했다.

전투능력이 없는 일반 시민들은 앞뒤를 다투어 피난을 간지 오래였다.

마의 우림 주변에서 사람의 흔적을 발견했다고 한다면 변경령에서 토벌을 위해 파견한 병력이거나 희귀한 몬스터를 사냥하러 온 용병일 가능성이 컸다.

마의 우림에 숨어들었다고 알려진 고대 몬스터의 사체는 연금술사에게 매우 비싼 가격으로 팔 수 있었다.

잠깐의 고민 끝에 시우는 연기를 향해 목적지를 돌렸다.

마의 우림은 예로부터 몬스터가 강하기로 악명 높은 곳이다. 그런 곳을 찾아온 자들이라면 잘은 몰라도 실력이 검증된 자들일 가능성이 컸다.

안 그래도 마음이 놓이지 않아 허수했던 시우는 그들과 함께 마의 우림에 들어가기로 작정했던 것이다.

숲이 점점 가까워졌다. 하지만 시우가 상상했던 것처럼 몬스터가 널려있거나 하지는 않았다.

무역도시 제네란이 함락되었다는 소문에 숲 일대가 몬스터로 들끓는 상상을 했던 시우는 조금 실망스런 기분이었다.

목적지로 했던 곳과 인기척이 느껴질 정도로 거리가 가까워졌다. 그러자 사람들이 하나둘 모습을 보이기 시작했다.

그들은 시우 일행을 경계하는지 손에는 하나같이 무기를 들고 있었다.

그들의 면면을 살피며 실력을 가늠해 보았다.

용병으로 보이는 자들이 여섯명.

그중 셋은 검을 든 검사였고 둘은 궁수, 나머지 한 명은 마법사였다.

후드를 깊게 눌러쓴 탓에 얼굴을 확인할 수 없는 마법사도 한 명이 있었다.

시우는 그 마법사를 의미심장한 표정으로 바라보다가 짐짓 관심을 잃은 듯 시선을 돌렸다. 사실은 그 정체불명의 마법사에게는 흥미가 많았지만 일행은 아직 더 있었다.

나머지 일행들은 4명의 기사들이었다.

2명은 전신 갑옷을 광이 나게 닦아 잘 챙겨 입은 것이 좋은 출신의 기사인 모양이었고 나머지 둘은 기사를 보필하는 수습기사로 보였다.

수습기사들의 나이는 시우 또래로 한 명이 여자, 또 다른 한 명이 남자였다.

검과 궁을 쓰는 자들은 모두 원력을 각성한 익시더였고 두 명의 마법사도 어디서 꿀리는 실력은 아니었다.

특히 용병이 아닌 쪽의 마법사는 인간이 아닌 듯한 마력을 내포하고 있었다.

아니, 인간이 아니겠지.

상대의 정체는 알 수 없었지만 적어도 인간이 아니라는 것은 확신할 수 있었다.

그도 그럴 것이 그 마법사는 인간의 한계라고 알려진 70년 드래곤 마력을 넘어 백년 드래곤 마력을 내포하고 있었으니까.

어쩌면 시우와 같은 예외적인 경우의 실력자일 가능성이 컸지만 그런 가능성을 점치기 보다는 유사인종이나 스스로 언데드가 된 마법사일 가능성이 더욱 컸다.

"멈추시오! 정체를 밝히시오!"

앞으로 나서서 외친 것은 활을 든 용병이었다.

시우는 일단 걸음을 멈췄다.

"그 숲에 용무가 있어 찾아온 자들입니다만."

시우의 대답에 용병은 시우 일행을 훑어보며 점차로 눈살을 찌푸리며 고개를 갸웃거렸다.

수인족인 리나를 발견하고는 조금 놀라는 눈치이긴 했지만 그래도 시우 일행의 액면가는 마의 우림을 찾아올 만한 실력으론 보이지 않았기 때문이었다.

시우만 해도 기사들을 섬기려 따라온 수습기사들과 비슷한 나이였고 아리에타의 근위기사들을 제외하면 모두가 아녀자였으니 말이다.

여자라 해도 복장만 그럴싸하다면 마법사로 보아줄 수 있었겠지만 아리에타, 레이나, 루시아나는 마법지팡이는커녕 그럴 듯한 무기도 들고 있지 않았다.

루리는 시우가 챙겨준 마법지팡이를 꼬나 쥐고 있
었으나 마법사로선 너무나 어린 나이였다. 하물며 검
을 들고 있다고는 하나 더욱 어려보이는 로이는 애초
에 논외 대상일 수밖에 없었다.

알테인인 소라와 에리카도 그런 점에서는 같은 취
급을 받고 있는 것이 틀림 없었다.

적어도 겉으로 보기에 그녀들은 평범한 인간 소녀
에 불과했으니까.

"…그 용무라는 것이 무엇인지는 묻지 않도록 하지.
하지만 마의 우림을 얕보고 있다면 돌아가는 것이 좋
을 거야. 너희를 위해 하는 말이니 나쁘게 듣지는 말
고."

용병의 말에 시우는 고개를 끄덕였다.

"경고해 주신 것은 감사합니다만 저희들도 그렇게
호락호락한 실력들은 아닙니다."

시우는 리네를 뽑아들었다.

그에 용병들은 몸을 긴장시키며 경계 태세에 들어
갔다. 그러나 시우에게 그들을 공격할 의도는 없었다.
단지 실력을 검증하는 데 있어서 원력을 보여주는 것
이 가장 간편했기 때문이었다.

시우가 리네를 뒤덮는 아우라를 뿜어내자 용병들은
피식 웃음을 터트렸다.

비웃음이었다.

시우는 단지 원력을 각성한 익시더라는 것만 보여주기 위해 원력을 피워 올린 것이었지만 그들은 제멋대로 그것이 시우의 전력이라고 판단한 모양이었다.

그러나 시우는 그들의 생각을 정정해줄 생각이 없었다.

괜히 힘을 과시하다가 오히려 경계심을 품으면 본말전도였으니 말이다.

그러나 일행이 되기엔 전력이 부족하다고 생각되어도 곤란했다.

시우가 돌아보자 루리가 고개를 끄덕였다. 실력을 보여주란 신호였다.

루리가 먼저 원력을 피워 올리고 그 뒤를 이어 로이와 에리카가 스스로 익시더임을 증명했다.

그에 용병들은 주춤하며 놀랐다.

피워 올린 원력의 양은 결코 많지 않았지만 그들과 같이 어린 아이들이 익시더일 거라고는 생각하지 못했으니 당연한 반응이었다.

용병들이 어수선한 분위기를 만들고 있을 때 시우 일행을 둘러보던 기사들은 시우의 뒤에서 아무렇지도 않게 서있는 검사들을 발견하고 놀랐다.

그들의 실력이 만만치 않음을 깨달은 것이었다.

기사들은 그것을 귓속말로 전했다.

그제야 새삼 아리에타의 근위기사들을 찾아본 용병들은 고개를 끄덕였다.

다른 일행은 몰라도 그들 셋이라면 충분히 전력이 되고도 남을 것이라고 생각한 것이다.

시우 일행을 향해 시위를 겨누고 있던 용병은 화살을 거두고 말했다.

"좋소. 어떻게 해서든 마의 우림에 들어가겠다고 한다면 동행하도록 하지. 이대로 헤어진다면 꿈자리만 사나울 테니까."

용병은 끝까지 시우 일행의 실력을 의심하는 모양이었다.

"내 이름은 퀴르라고 하오."

퀴르가 손을 내밀었다. 마주 손을 내밀어 잡았다.

"체슈."

이제는 본명보다도 익숙해진 그 이름을 입에 올렸다.

〈7권에서 계속〉